Grünland

D1726242

Autorin:

Ursula Strätling wohnt im Münsterland. Geboren 1955, hat sie eine erwachsene Tochter, zwei erlernte Berufe, Abitur und widmete sich bisher dem Schreiben von Lyrik und Kurzprosa. Inzwischen verfasst sie nach einer kreativen Pause neben Kriminalgeschichten auch Romane.

Ursula Strätling

Grünland

Impressum:

Texte: © Copyright by Ursula Strätling
Umschlaggestaltung: © Copyright by Ursula Strätling

Druck: epubli – ein Service der neopubli GmbH, Berlin
2021

Prolog

Ich war einfach so in den Garten gelaufen, wie ich es sonst auch immer gemacht hatte. Früher. Frei und unbekümmert.

Jetzt tief in Gedanken an meine Kindheit mit der Tante versunken, bog ich, einem inneren Drang folgend, statt weiter dem Hauptweg zu folgen, alsbald in einen der verschlungenen Nebenpfade ein. Er schien mir neueren Datums, denn ich konnte mich nicht erinnern, ihn jemals gegangen zu sein, was mich einigermaßen befremdete. Nie hatte meine Tante von einer Veränderung ihres Gartens berichtet, aber das hätte ihr auch nicht ähnlichgesehen. Davon zu berichten, meine ich; uns überhaupt einzuweihen in ihre Pläne und Vorhaben. Es hätte einfach nicht zu ihr gepasst. Sie war überaus verschlossen und uns ein immerwährendes Rätsel. Niemand aus der weitläufigen Verwandtschaft, zumindest der weißen, kannte sich aus mit ihr. Sie war allen, Zeit ihres Lebens, und ist uns auch jetzt, da sie tot ist, ein großes Geheimnis geblieben. So sträubten gar die Kinder sich, ihre Ferien bei ihr zu verbringen – alle außer mir. Auf mich hatte sie stets eine große Faszination ausgeübt, für die ich aber keinerlei Grund zur Erklärung anführen kann. Anfangs suchten die Eltern, mich davon abzuhalten, die verschrobene Alte alljährlich für die Länge der Sommerfreizeit in ihrem urigen Häuschen zu besuchen. Doch der große Garten, oder besser gesagt, das Freiland war mir ein verlockender Abenteuerspielplatz. Hier traf ich mitunter auch einen, um ein paar Jahre älteren Jungen aus der Umgebung zum Spielen. Ich setzte mich tatsächlich in meiner Familie durch und fuhr immer wieder zur Tante.

Nun, knappe zehn Jahre später, schien ich mich plötzlich nicht mehr auszukennen. Die vergangenen Wochen waren sehr arbeitsreich und stressig gewesen, ich wohl auch deshalb entsprechend gedankenverloren und unkonzentriert.

Aber es war doch nur ein Garten, wenn auch einer von riesigem Ausmaß; eher ein Stück recht naturbelassenes, grünes Land, vor allem, was den hinteren, verwilderten Teil anbetraf, der in einer angrenzenden Hügellandschaft mündete.

Größe ist ja auch relativ, einem Kind erscheint bekanntlich alles viel riesiger als den Erwachsenen, weil es kleiner ist. Und sicher – es war eine Menge Zeit vergangen, seitdem ich das letzte Mal hier war.

Konnte ich mich tatsächlich verlaufen haben? War das möglich? Jetzt ging ich strategisch vor und schlug nacheinander die verschiedenen Wege ein – irgendwo musste ich ja schließlich hinausfinden – doch auch das ohne Erfolg. Manche Pfade endeten abrupt, andere verloren sich im wuchernden Gras. Irgendwann gab ich es, schon fast verzweifelt, auf und setzte mich im Schatten eines Baumes auf meine Jacke, um ein wenig zu ruhen und meine Gedanken neu zu ordnen. Das war tatsächlich nötig, denn eine kleine Panikattacke drohte bereits, meine mühsam erworbene Souveränität zu untergraben.

Ich saß noch nicht lange, als ein helles silbriges Klingen mich aufhorchen ließ. Mir schien, als hörte ich, wie damals, die Stricknadeln meiner Tante auf den Boden der

Veranda treffen: dem der lesen kann, das Schicksal aufzuzeigen.

Doch ich will nicht vorgreifen. Fangen wir da an, wo alles begann, nämlich am Anfang dieser Geschichte.

Kapitel 1

„Semesterschluss, yeah!" Tief saugte ich die Luft in meine Lungen, um sie in kleinen begeisterten Stößen wieder hinauszupressen. Und dieses Mal keine Hausarbeit, keine Prüfung, auf die ich mich vorzubereiten hatte. Nur noch ausruhen und abschalten! Dieses Semester war echt hart gewesen - ich begann zu laufen, mich frei zu hüpfen – wollte den Campus so schnell wie möglich hinter mir lassen, um endlich auf andere Gedanken zu kommen.

„Noch auf ein Bier mit in den Pub, Vito?"

„Nee, Mann, ich hab die Nase gestrichen voll – muss Land gewinnen!" Ich winkte ab. „In drei Monaten wieder!" Und fügte leise hinzu: „Vielleicht."

Meine Mutter erwartete mich gewiss schon sehnsüchtig, ihr wollte ich als erstes einen Besuch abstatten. Nicht ganz uneigennützig, wie ich mir eingestand, doch auch nicht nur der Wäsche wegen. Endlich keinen Mensafraß mehr! Schnell noch die bereitgelegten Sachen in den Koffer verstauen. Ich war nicht besonders sorgfältig, was die Bügelfalten anbetraf. Das würde meine Mutter im Bedarfsfall schon richten.

Nur kurz überlegte ich, meine Freundin Elena entgegen meinem Vorsatz doch noch einmal anzurufen, aber dann ließ ich es bleiben. Das würde auch nichts ändern, ich war mir sicher. Sie konnte sich sehr konsequent durchsetzen. Es machte keinen Sinn, sich ihr in den Weg zu stellen, wenn sie sich etwas erst einmal ernsthaft vorgenommen hatte. Aber diesmal - irgendwie hatte ich jetzt endgültig genug von ihren Manipulationsversuchen. Ich würde es wirklich darauf ankommen lassen und nicht wieder klein beigeben. Entschlossen straffte ich meine Schultern. Doch mein schlechtes Gewissen darüber ließ mich zunächst nicht mehr zur Ruhe kommen.

Und meine Mutter wusste die Kerbe gekonnt zu verbreitern, als ich zuhause eintraf: „Aber Junge, was hast du denn mit Elena gemacht? Das arme Mädchen. Ein bisschen mehr Verständnis hätte ich dir schon zugetraut, hörst du?"

Diesen Blick kannte ich doch zur Genüge. Sie stand da – meine Mutter – der Vorwurf in Person.

Plötzlich schien mir alles so klar. War es denn nicht immer schon so gewesen, derselbe Mechanismus, und zwar bei beiden Frauen gleichermaßen? Ohne auf ihren Einwand einzugehen, schob ich mich langsam mit meinen Taschen an ihr vorbei ins Haus.

„Ist Vater da?"

„Auf der Terrasse. Erzähl ihm besser nichts von eurem Streit, hörst du? Er ist in letzter Zeit so empfindlich. Es geht ihm auch gesundheitlich nicht gut. Ich mache mir schon richtig Sorgen – was soll nur werden, wenn er nicht mehr kann?"

Stumm ließ ich ihren Wortschwall an meinen Ohren vorbeirauschen. Wie lange hatte sie wohl niemanden mehr zum Reden gefunden? Die Eltern, sprachen sie überhaupt noch miteinander?

Ich fand meinen Vater in seinem Lieblingssessel vor, mit einem aufgeschlagenen Buch auf dem Schoß.

„Hey, alter Schwede!", begrüßte ich ihn scherzhaft. – „Bleib sitzen, Dad!" Ich beugte mich zu ihm hinunter, um ihn kurz zu umarmen. Er nahm sogleich meine Hand und hielt sie fest in der seinen, so dass ich mir mit dem Fuß einen der leichten Gartenstühle heranzog, mich darauf niederzulassen.

Mein Vater betrachtete mich aufmerksam. Er sagte nichts, er ließ das Schweigen sprechen.

Und ich kam endlich zuhause an.

„Das Essen ist fertig!", tönte es durch den Hausflur. Seufzend erhoben wir uns.

„Komm, lassen wir die Mama nicht warten! Du weißt, wie sie ist."

Ich nickte nur und sah meinem Vater zu, wie er seine Pfeife ausklopfte. Wie gebeugt sein Rücken schon ist, dachte ich wehmütig, bevor wir uns im Esszimmer an den reich gedeckten Mittagstisch setzten.

Doch dann lief mir das Wasser im Mund zusammen: „Mein Leibgericht, Mom! Echt super!" Ich drückte ihr einen liebevollen Kuss aufs Haar, den sie mit freudigem Erröten und einem dankbaren Lächeln quittierte. Nachdenklich geworden widmete ich mich dem köstlichen Gericht nach einem alten Rezept ihrer deutschen Nachbarin, bestehend aus Vorsuppe, Rindsrouladen, Kartoffeln, Rotkohl - Vater nennt letzeres Blaukraut - und als Nachtisch einer leckeren Herrencreme. Welche Arbeit hatte sie sich gemacht! – Und alles nur für mich, ihren undankbaren Sohn. Das war die ihr eigene Art, mir ihre Liebe zu zeigen. Schon fühlte ich mich beschämt von meinem harten Urteil über sie.

Wie konnte ich ihr nur meinen gerade erst gefassten Entschluss bezüglich eines Studiumwechsels nahebringen?

Mein Vater würde ihn eher akzeptieren, wenngleich es auch ihm schwerfallen dürfte.

Ich verschob das klärende Gespräch erst einmal auf den nächsten Tag. Bis dahin würde ich mir einen Schlachtplan zurechtlegen, wie das Thema anzugehen war.

In dieser Nacht arbeitete ich bereits unermüdlich daran. Als erstes, so nahm ich mir fest vor, würde ich endlich meiner Tante Alrun den immer wieder aufgeschobenen Besuch abstatten. Warum nur hatte ich damit so lange gewartet? In der nächtlichen Stille wurde mir bewusst, dass ich da etwas Wichtiges versäumt hatte. Ganz plötzlich erfasste mich eine große Traurigkeit.

Alrun. Ich sah sie vor mir stehen. Wie lebendig in ihrem Tunika-ähnlichen Überwurf, leuchtend bunt, mit schwarzem knöchellangen Rock, Mokassins, dem Hut, der ihr, in den Jahren kaum verändertes, blauschwarzes Haar bedeckte. Silberner Armschmuck und ihr dunkler sprechender Blick – was wollte sie mir ... was sagte sie? Ich verstand nicht, was sie sagte ...

„Vito! Vitooo!"

Nur langsam drang die Stimme zu mir durch. Was war denn nur los?

„Kommst du bitte zum Frühstück?"

„Och nöh! Wer …"

Ich richtete mich verschlafen im Bett auf.

„Ja, gleich Mom, bin gleich unten!" Gähnend schlug ich die Bettdecke zurück. Vor dem Spiegel hielt ich inne – der Traum!

Gedanklich nahm ich Alrun mit mir hinunter.

„Was ist los, mein Junge, schlecht geschlafen?"

Die Mutter reichte mir die, mit duftendem Kaffee gefüllte Tasse, und ich genoss den ersten Schluck mit geschlossenen Augen.

„Aah, das tut gut.

Wisst ihr – ich hatte letzte Nacht Besuch von Tante Alrun", setzte ich an. Etwas verlegen lächelte ich in mich hinein. Bei Tageslicht kam mir das eben Gesagte selbst ganz absurd vor.

„Fühlte sich aber total realistisch an. Wie, wenn sie tatsächlich vor mir gestanden hätte. Ich kann euch sogar ihre Kleidung beschreiben."

„Natürlich, Ethno-Look", warf der Vater, leicht spöttisch, ein.

„Bei ihr kein Look, sondern eine Identität. Es sind immer so tolle Farben, Muster und Schnitte", wies Mutter ihn zurecht. „Die passen einfach zu ihr, fast wie eine zweite Haut." Versonnen stand sie auf und holte noch eine Käseplatte aus dem Kühlschrank.

Dann fiel ihr plötzlich etwas ein, und sie wandte sich hinüber zum Sideboard:

„Hier ist übrigens ein Brief für dich, Vito. Den Absender kenne ich gar nicht. Hast du Geheimnisse vor uns?"

„Oh, nee! Seit wann kontrollierst du mich, Mutter?" Das kam etwas schärfer heraus, als ich wollte.

„Ach, Vito, sei doch nicht so empfindlich. Ich meine es doch . . ."

„. . . nur gut mit mir, ich weiß", knurrte ich zurück und schnappte mir den Brief aus ihrer Hand.

Mein Vater warf mir einen beschwichtigenden Blick zu, bevor er um eine weitere Tasse Kaffee bat.

Ich fummelte den Umschlag auf – sah ziemlich amtlich aus, der Schrieb – und erstarrte. Es handelte sich tatsächlich um - um eine Testamentseröffnung? Aber wer ...?

Suchend griff ich in Richtung Stuhl, bevor ich mich langsam darauf sinken ließ. Das, das konnte doch nicht sein! Nein!

„Junge, du bist ja ganz blass! Ist etwas passiert? Sag schon!" Mein Vater stand neben mir und legte mir seine Hand auf den Rücken.

Mein Hals war trocken, es kam nichts heraus. Ich griff mir ein Glas Wasser und räusperte mich.

„Alrun, Tante Alrun ist . . . sie ist tot", flüsterte ich fassungslos.

Auch meine Mutter verstummte bei meinen Worten.

Wieder nahm ich den Brief zur Hand und suchte in ihm Aufschluss zu finden zu den vielen Fragen, die sich jetzt darüber auftaten. Ich studierte den weiteren Inhalt des Schreibens.

„Aber was war denn los mit ihr, war sie krank? Vito, was steht denn da drin?" rief meine Mutter entsetzt.

Ich starrte auf den Bogen Papier in meiner Hand.

„Sie wollte nicht die übliche Vorgehensweise bei ihrer Beerdigung."

„Ja, aber was – Vito, lies jetzt weiter, bitte! Ich will wissen, was passiert ist und was meine Schwester verfügt hat."

„Ach, Schwester? So hast du sie aber schon lange nicht genannt, oder?", schaltete Vater sich ein.

Statt jetzt protestierend aufzufahren, wurde die Mutter plötzlich ganz still.

„Na ja, sie ist – sie war doch meine Halbschwester, eine Tochter aus erster Ehe meines Vaters, wie ihr wisst, und ich war immer ein wenig, ja, eifersüchtig auf sie. Ich dachte, mein Vater habe sie lieber als mich. Nach dem Tod seiner ersten Frau, einer Indigenen, hat er sich ja in ganz besonderer Weise um seine Tochter Alrun geküm-mert, *bevor* er meine Mutter kennenlernte und dann ich dazu kam. Daran hat sich auch später nie wirklich etwas geändert. Sie war ihm wohl irgendwie, na ja, ich glaube seelenverwandter? Ja, das trifft´s wohl!"

„Ihr seid, nein muss wohl heißen, wart, ja wirklich sehr verschieden, doch, jede auf ihre Art, etwas Besonderes." Der Vater legte jetzt seinen Arm um Mutters Taille, und sie ihren Kopf an seine Schulter. Ein Bild, wie ich es schon lange nicht mehr gesehen hatte, meine Eltern in lie-bevoller Eintracht. Ich nahm es tief in mich auf, wollte es mir einprägen und nicht wieder verlieren. Dann wandte ich mich erneut dem Brief zu.

„Hier steht, ich solle mich bereithalten für die Testa-mentseröffnung am hm m m, in der ihr letzter Wille und alles andere ausführlich verkündet wird. Dann können auch Fragen gestellt werden zu den näheren Umständen ihres Todes." Wir schauten einander wortlos an.

In den Tagen danach erinnerten wir uns entweder gemein-sam oder jeder still für sich an Alrun. Sie schien allgegen-wärtig. Selten war es so ruhig in diesem Haus. Schon son-derbar, der Traum in der Nacht, bevor ich die Nachricht von ihrem Tod erhielt. Als wollte sie mir damit etwas sa-gen, bzw. Kontakt zu mir aufnehmen.

So nah war sie mir schon lange nicht mehr. Beinahe hatten wir uns in den vergangenen Jahren aus den Augen verlo-ren, und das war auf *mein* Versäumnis zurückzuführen ge-wesen.

Nach Aufnahme des Studiums hatte ich ganz andere Dinge im Kopf. – Kaum Schritt zu halten in einer Welt, die sich so schnell drehte.

Und ich mittendrin, völlig konfus und total verunsichert, dass ich mich kaum mehr in ihr zurechtfand.

Jetzt wurde mir noch deutlicher, dass sich Chaos in mir ausbreitete, auf allen Ebenen. Ob Beziehung oder Studium – überall fanden Kämpfe statt. Mein, sich verstärkender Eindruck, irgendwie immer am falschen Platz zu sein – Wollte ich mich deshalb wieder vermehrt der Tante zuwenden?

Erhoffte ich mir Hilfestellung von ihr, die mir in der Kindheit immer einen Rat wusste?

Dann kam auch noch die unvermeidliche Frage nach meiner Freundin Elena auf.

„Was ist eigentlich neuerdings dein Problem mit ihr?", fragte mein Vater ganz unverblümt.

Wenn das denn so einfach zu beantworten wäre. Dann hätte ich schon einen großen Schritt weiter getan, glaubte ich. Entsprechend zögerlich antwortete ich ihm:

„Das werde ich wohl erst noch mit ihr selbst abklären müssen, schätze ich".

„Ja, und wie lange willst du damit noch warten?"

Das traf es mal wieder auf den Kopf, ich wusste genau, dass er Recht hatte. Langsam stand ich auf: „Bin kurz auf meinem Zimmer, mal telefonieren", brummelte ich mir unbehaglich in meinen 2-Tage-Bart, bevor ich die Treppe hoch in meinem Zimmer verschwand.

Die Tür klinkte ein, und die Stille des Raumes umfing mich. Ich zögerte das Unvermeidliche ein wenig hinaus, indem ich mir noch einen schnellen Blick zu den Fotos auf meinem Schreibtisch genehmigte. Ein blondes Traumpaar. Da saß ich mit Elena auf einer Mauer - eng umschlungen und total verliebt. Es war kurze Zeit nach unserem Kennenlernen, im ersten gemeinsamen Urlaub im Süden, genauer gesagt in Florida, gewesen. Was hatte sich seitdem so verändert, dass kaum noch etwas übrigblieb von dem unsagbar zärtlichen, warmen Gefühl füreinander? Wie schade! Aber ich spürte immer deutlicher, wie er näherkam, der unumgängliche Schritt einer Trennung. Er wurde für mich immer klarer sichtbar.

„Anderson!"

„Hallo, Elena, bist du's?"

„Dass du auch mal anrufst!" hörte ich sie zornig am anderen Ende der Leitung.

„Ich kann verstehen, dass du böse bist, aber ..."

„Habe wirklich keine Lust mehr auf deine ewigen Ausflüchte, Vitus Svenson!" Ihre Stimme klang gereizt.

„Hör zu . . ."

„Besser *du* hörst mir mal richtig zu!", unterbrach sie mich.

„Elena, ich muss mit dir sprechen. Dringend!" Mein Ton ließ sie nun doch aufhorchen.

„Was ist los?"

„Wo können wir uns treffen, bei dir zuhause? Ich muss dir was sagen!"

„Wann wirst du da sein?"

„Ich kann Vaters Wagen haben. Fahre sofort los."

Jetzt mochte ich nicht mehr warten, wollte es so schnell wie möglich hinter mich bringen. Knappe 20 Minuten später stand ich vor Elena Andersons Tür und klingelte. Sie ließ sich Zeit. Erst als ich vor Ungeduld bereits von einem Fuß auf den anderen trat, öffnete sie. Ich drückte ihr einen flüchtigen Kuss auf die Wange und trat, um Abstand bemüht, in den engen Hausflur.

„Willst du deinen Mantel nicht ablegen?", fragte sie. „Du wolltest doch mit mir reden?"

„Ja, Elena, aber es wird nicht lange dauern."

Jetzt war sie wirklich irritiert. Das nutzte ich, um meine Botschaft an die Frau zu bringen, bevor ich es mir wieder anders überlegte.

„Ich wollte es dir nicht am Telefon oder gar übers Mobile mitteilen, das hättest du nicht verdient."

„Was hätte ich nicht verdient?" Ungläubig starrte sie mir ins Gesicht. „Du willst mir doch wohl nicht sagen, dass du unsere Beziehung, also, dass du . . ."

„Ja Elena, ich weiß jetzt, und du weißt es ja auch, hast es selbst des Öfteren angesprochen, dass wir nicht wirklich gut zueinander passen, und deshalb werde ich nun, äh, Schluss machen, werde unsere Beziehung endgültig beenden. Ich glaube, es ist besser so. Sicherlich für uns beide!"

Elena starrte mich an wie einen Alien.

„Du, du weißt ja nicht, was du sagst. Morgen kommst du wieder angelaufen und bettelst mich an, ich kenn dich doch!"

Nicht schon wieder eine Diskussion. Hastig wandte ich mich Richtung Haustür.

Ihr Ton wurde eine Nuance weicher, flehender:

„Vito! Wir können doch über alles reden!"

Ich schüttelte nur den Kopf und verließ das Haus. Von ihrem gefühlten Blick in meinem Rücken unangenehm berührt, blieb ich erst stehen, als ich die Wegbiegung hinter mir hatte.

Dieser wabernde Nebel, der mir so lange schon die Sicht trübte, dieser Nebel war nun verschwunden. Meine Entscheidung fühlte sich richtig an.

Und wie schwer war es für mich gewesen, mir die Notwendigkeit einer Trennung einzugestehen.

Der Wagen wartete geduldig darauf, dass ich ihn startete. Doch erst eine geschlagene Viertelstunde später war ich in der Lage, mich auf den Heimweg zu machen.

Als ich mein Elternhaus erreichte, sah ich meine Mutter am Küchenfenster Ausschau halten. Wahrscheinlich hatte Elena sie vorhin noch angerufen und ihr alles brühwarm erzählt. Schon kam meine Mutter mir an der Türe entgegen.

„Nicht jetzt, Mom!"

„Rachel – lass ihn doch erst mal in Ruhe!", hörte ich meinen Vater von hinten rufen.

„Ach, Enno!"

Ich nahm die Gelegenheit wahr und stürmte an meiner Mom vorbei die Treppe hinauf in mein Zimmer. Dort warf ich mich quer über das breite Bett, drehte mich auf den Rücken und starrte durchs Fenster in den sich langsam verdunkelnden Himmel. Mutters Ruf zum bereitstehenden Abendessen überhörte ich.

Mitten in der Nacht erwachte ich plötzlich. Noch immer lag ich angezogen auf dem Bett. Fröstelnd stand ich auf, mich zu entkleiden und kuschelte mich in die Bettdecke. Ein nagender Schmerz in meiner Mitte begleitete mich in einen unruhigen Schlaf. Und plötzlich durchfuhr ein Schreck meine Glieder. Hatte ich vielleicht doch einen Fehler gemacht?

Quälend langsam verging diese Nacht. Und ich wusste, es war nur der Anfang von etwas, das mein Leben noch gänzlich umkrempeln würde.

Im Morgengrauen stand ich auf, packte etwas Geld und einige Wäschestücke zum Wechseln in meinen Rucksack.

Dann suchte ich nach einer günstigen Busverbindung zum Wohnort meiner Tante. Bis zur Testamentseröffnung blieb noch etwas Zeit, und diese wollte ich nutzen, mir ihren Garten noch einmal – das letzte Mal? – anzusehen.

In meinem Zimmer hatte ich noch schnell einen Text für meine Eltern aufgesetzt, den ich ihnen jetzt zur Erklärung mitten auf den Esstisch legte.

„Mom! Dad!

Ich gehe davon aus, dass Elena Euch bereits telefonisch von unserer Trennung berichtet hat.

Aber das ist nicht das Einzige, wovon ich Euch in Kenntnis zu setzen habe. Auch mein Studienfach zeigt sich mir inzwischen als unpassend für meine persönlichen Wünsche und Neigungen. Ich habe lange mit diesen Entscheidungen gerungen, weil ich Euch nicht enttäuschen wollte, doch nun bin ich mir ganz sicher, dass es so nicht weitergehen kann und soll. Wir werden uns später noch darüber unterhalten. Nicht böse sein, aber ich muss jetzt unbedingt etwas Wichtiges erledigen, bin rechtzeitig zur Testamentseröffnung wieder zurück. Macht Euch keine Sorgen!"

Dann verließ ich das Haus Richtung Busstation.

Noch an der Haltestelle schaute ich mich immer wieder unruhig um, ob Vater mir nicht doch bis hierher folgte, mich im Auftrag meiner Mutter von meinen Plänen abzubringen. Als ich dann endlich im Bus saß, und dieser sich tatsächlich langsam in Bewegung setzte, atmete ich erleichtert auf. Die Anspannung löste sich allmählich und ich döste ein wenig vor mich hin. Ich wusste, ich hatte eine mehrstündige Reise vor mir – da konnte ich mir gut noch ein Schläfchen gönnen nach der letzten unruhigen Nacht. Ich schloss die Augen und ließ mich vom sanften Rütteln des Busses in den Schlaf wiegen. Einen Schlaf, der mich in meine Jugend zurückversetzte. Und plötzlich fuhr ich genau wie früher in den Ferien wieder zu meiner Tante Alrun.

So wohl hatte ich mich schon lange nicht mehr gefühlt. Ein Lächeln muss mein Gesicht regelrecht verklärt haben, denn als ich aufwachte, wurde es von meinem Gegenüber – einer jungen Mitreisenden - wie gespiegelt. Ich hatte so tief geschlafen, dass ich ihre Ankunft gar nicht mitbekommen hatte.

Verlegen richtete ich mich auf und fuhr mir mit der Hand durchs Haar.

„Was Schönes geträumt?", lächelte sie mich an.

„Wieso? Wie lang – seit wann sitzt du, sitzen Sie denn schon . . .?"

„Kannst ruhig ‚du' sagen! – Es muss etwas sehr Schönes gewesen sein", fuhr sie, gar nicht verlegen, fort.

Ich erinnerte mich an mein wohliges Gefühl von vorhin. Sinnend richtete ich meinen Blick zum Fenster.

„Alrun!"

„Deine Freundin? Du hast von deiner Freundin geträumt, stimmt´s?" Sie schaute mich forschend an.

„N-nein", antwortete ich gedehnt, „nicht von meiner Freundin – oder doch? Eigentlich ist sie ja die ganzen Jahre hindurch wie eine Freundin für mich gewesen", verbesserte ich mich.

Die Fremde wartete geduldig, schaute mich aber weiterhin fragend an, als wartete sie auf eine weitere Erklärung.

„Sie ist, sie war meine Tante", erklärte ich. „Ich besuchte sie oft und verbrachte die Sommerferien bei ihr. Und nun . . ., nun ist sie tot."

„Alrun – ein ganz besonderer Name!

Ich heiße übrigens Chiara oder einfach Kira! Und du?"

„Vito, eigentlich Vitus. Hi, Kira!" Schnell ergriff ich ihre hingestreckte Hand.

„Also, Vito, erzähl mir von ihr!" Sie schaute mich auffordernd an. Offenbar kam sie gar nicht auf die Idee, dass ich mich ihrem Wunsch widersetzen könnte. Wie selbstverständlich redete sie mit mir, ganz wie mit einem persönlichen Freund.

Beinahe wie Alrun es immer getan hatte.

Und ich? Ich antwortete ihr genauso natürlich darauf. Als kennten wir uns bereits seit langer, langer Zeit.

Sie erinnerte mich sehr an meine Tante, auch äußerlich. Das schwarzglänzende lange Haar, nur trug *sie* es offen; samtige, honigfarbene Haut und die tiefbraunen ergründlichen Augen. Verwundert spürte ich eine große Sehnsucht in mir aufsteigen.

Ich hatte kaum bemerkt, wie die Zeit verging.

Draußen veränderte sich die Landschaft. Ganz in der Ferne tauchte bereits die vertraute Hügelkette auf, die auch Alruns Landstück am Rande des Reservats begrenzte. In etwa einer halben Stunde würde ich mein Ziel erreichen.

„Wir sind bald da!", nahm sie meine Gedanken auf.

„Du wirst auch dort aussteigen?" Erfreut wollte ich meine Hand auf ihr Knie legen, zog sie aber sofort wieder verlegen zurück.

„Wo wohnst du, werden wir uns wiedersehn?"

„Ich wohne im Reservat. Werde dich schon finden, Vito!"

Gelassen räumte sie ihre Sachen in den Rucksack zurück, bereit für die nahe Ankunft.

Den letzten Teil des Weges legte ich allein zurück. Kira hatte sich an seiner Gabelung in eine andere Richtung gewandt. Sie bedeutete mir, nicht weiter nach ihrer Adresse zu fragen, indem sie mir mit ihrem Zeigefinger sanft die Lippen verschloss. Dann drehte sie sich um und entfernte sich von mir, ohne sich ein einziges Mal umzusehen. Ich aber blieb noch lange dort stehen, sah sie kleiner und kleiner werden, bis ich sie nicht mehr ausmachen konnte. Würde ich sie jemals wiedersehen?

Nach weiterer 45-minütiger Wanderung noch der Seitenweg, dann die kleine Anhöhe hinauf, und ich würde das Häuschen meiner Tante sehen können. Schon beschleunigte ich meinen Schritt, zögerte aber sogleich wieder. Was erwartete mich dort? Ab jetzt würde sicher alles anders sein – ohne Alrun.

Doch dann erinnerte ich mich Kiras` sachter Berührung meiner Lippen. Irgendwie tröstete mich das, sodass meine Schritte wieder länger wurden. Ich hörte die Vögel, die den kleinen Hain mit ihrem Gesang belebten und fühlte mich sofort leicht und froh.

Bald stand ich dort oben auf dem Hügel und das ganze Tal erstreckte sich zu meinen Füßen. Auf halber Höhe Alruns Anwesen, umgeben von einigen schattenspendenden Bäumen. Hinter dem Haus mit der Veranda verlor sich das grüne Band des Gartens im naturbelassenen Hinterland ihrer Vorfahren. Still ließ ich das Bild auf mich wirken, bevor ich den grasbewachsenen Zufahrtsweg hinunterschlenderte.

Das rote Holzhaus nach schwedischem Vorbild der Einwanderer, dessen Farbe man nur noch erahnen konnte, gab sich verschlossen. Alle Fensterläden waren vernagelt, die Türe zugesperrt.

Doch ich wusste mir zu helfen. Wenn das Schloss nicht ausgetauscht worden war, dann müsste noch ein Schlüssel zu finden sein, dort, wo Alrun ihn immer für mich hinausgelegt hatte, damals.

Doch wie lang war das schon her? Da mochte sich manches geändert haben. Mit klopfendem Herzen zählte ich die Bäume ab, eins – zwei – drei. Der dritte Stein von vorne und dann rechts herum - vorsichtig suchte ich ihn umzudrehen. Ich musste mich anstrengen, beinahe eingewachsen schien er mir. Hatte die Tante den Schlüssel nicht längst weggelegt, so lang, wie ich schon nicht mehr hier war? Für einen Moment malte ich mir in düsteren Farben aus, wie ich hier draußen zu nächtigen hatte. Nur widerwillig gab der Stein sein Geheimnis preis. Der Schlüssel lag wie schlafend dort, als habe er, wie damals, auf mich gewartet. Nur seine Farbe hatte sich geändert. Er war nämlich unterdes ziemlich verrostet, und daher ganz braun. Trotzdem küsste ich ihn freudestrahlend vor lauter Erleichterung.

Dann kam der große Moment. Langsam steckte ich das, inzwischen notdürftig aufpolierte Metall ins dazugehörige Schlüsselloch. Aber wie gekränkt verharrte es in seiner Position. Ich versuchte es mit Gewalt, bis es ein drohendes Knirschen von sich gab. So ging es nicht. Vorsichtig zog ich den Schlüssel wieder heraus und kramte in meinem Rucksack nach einem übriggebliebenen Sandwich, mit dessen Aufstrich ich den Schlüssel einfettete – *dem*

Ingeniör ist nichts zu schwör. Danach versuchte ich es erneut. Und siehe da, er drehte sich anstandslos.

Ich stemmte mich gegen die Tür, nahm Anlauf und versetzte ihr ein paar kräftige Stöße mit der Schulter, bis sie nach innen aufflog. Dann tastete ich mich bis zum Fenster vor und öffnete die Läden, nachdem ich zuvor noch von außen die Nägel entfernt hatte. Sogleich flutete grelles Sonnenlicht den Raum und leuchtete jede Ecke des Innenraums freundlich aus. Meine Augen wanderten durch das Zimmer. Da, Alruns Sessel. Sie hatte sich immer die bunte Decke über die Beine gelegt; und auch der Strickkorb der Tante stand noch da – ich trat neugierig näher. Ob auch ihre geheimnisvollen Stricknadeln noch darin waren? Die waren etwas ganz Besonderes. Tatsächlich sah ich etwas blinken zwischen der Wolle und griff zögernd hinein.

Und dann hielt ich sie in der Hand, die silbernen Stäbchen mit den geheimnisvollen Zeichen darauf.

Wie bei einem Mikado-Spiel suchte ich sie nach und nach zusammen, eine ganze Handvoll, und endlich hatte ich auch das Wichtigste von ihnen gefunden, das „Mikado" selbst, um im Bild zu bleiben. Es hob sich von den anderen durch seine besondere Musterung ab. Zufrieden begab ich mich mit meinem kostbaren Fund auf die angebaute, steinerne Veranda. Ich wollte es ausprobieren, wollte die Stäbe auf den Boden werfen, dem Vorbild meiner Tante gemäß. Doch dann sah ich den Garten vor mir liegen. Sogleich bemächtigte sich meiner ein ungeheurer Drang, dem ich nicht widerstehen konnte. Es zog mich regelrecht hinein in dieses Grün. Vorsichtig legte ich die Stäbchen zurück in den Korb und lief hinaus, hinaus in den Garten meiner Jugend.

Ich ahnte nicht, wieviel Zeit verstreichen musste, bis ich ihn wieder verlassen würde.

Kapitel 2

Und da saß ich nun auf meiner Jacke im Schatten dieses Baumes, wie verloren im riesigen Grünland, denn ich fand mich nicht mehr darin zurecht.

Beim plötzlichen Klang der silbernen Stricknadeln fuhr ich hoch: - „Alrun? - Allruuhn!"

Mein Ruf blieb unbeantwortet. Aber wie konnte es auch anders sein? Schmerzlich erinnerte ich mich an ihren Tod. Doch wer hatte dann . . .? Ach, was war nur los mit mir, dass ich schon Gespenster hörte? Mit einem Mal fühlte ich mich so müde, so todmüde. Endlich gab ich der Erschöpfung nach und streckte mich lang hin. Nur ein paar Minuten! Beinahe sofort fiel ich in einen tiefen traumlosen Schlaf.

Es war stockdunkel als ich erwachte. Aufstehend erhob ich auch meinen Blick zum Himmel, der sich nur unwesentlich von den dunklen, im Laufe der Jahre hochgewucherten Bäumen und von den Sträuchern abhob. Nahebei nur das Knarzen der Bäume. Deren Schatten, so schien es, kamen immer mehr auf mich zu, so dass meine Hände instinktiv hochschnellten, als ein dumpfes Grollen ganz in der Nähe mich zusammenfahren ließ. Es unterschied sich deutlich von dem Hintergrundkonzert der vielen anderen Tierstimmen. Ich wagte nicht, mich zu rühren, blieb wie erstarrt dort stehen. Möglicherweise ein durchziehender Wolf; oder war es gar einer der Schwarzbären? Leise!

Bloß nicht die Aufmerksamkeit des Untiers auf mich ziehen. Mein Atem flog. Ich bekam keine Luft, bekam keine Luft! Mühsam suchte ich einzuatmen. Was immer es war, jetzt würde es mich hören. Gewiss hörte es mich! Mein Herz wummerte . . .

Die Trommeln schlugen den Takt dazu, wubum, wubum. Immer lauter riefen sie, schlugen die Trommeln. Ich musste sie finden! Sicher waren sie wegen Alrun hier.

Aber ich konnte nicht einmal die Richtung ausmachen, die mich zum Haus zurückführen würde. Die Sterne ließen sich nicht sehen, der Himmel musste wolkenverhangen sein. Zudem hatten wir Neumond.

Kein Licht, an dem ich mich orientieren konnte.

Wieder das dumpfe Wubum. Es schlug, hämmerte, dröhnte.

Zwischendrein erneut ein silbriges Klingen! Ich atmete auf, denn es vermittelte mir Sicherheit.

Vertrauensvoll lief ich los, tastete mich voran durch die Finsternis, Schritt für Schritt. Doch ich war zuversichtlich, mein Ziel zu erreichen. Wo immer es auch lag.

Ich konnte nicht mehr sagen, ob ich wachte oder träumte. Nur, dass es wahr und wichtig für mich war.

Ab jetzt orientierte ich mich am Klang der Trommeln, die mich unwiderstehlich anzogen.

Nun waren sie ganz nah. Vorsichtig schob ich mich weiter voran, einem größer werdenden Feuerschein entgegen.

Dann konnte ich sie sehen, die Anishinabek oder Anishinabe. Angehörige des, um die großen Seen der USA und bis in weite Teile Kanadas ansässigen Indianervolkes, in denen auch Alrun durch ihre Mutter wurzelte. Die Indigenen tanzten um ein hell loderndes Feuer herum. Die Trommler schlugen den Takt, dem ich mich bald nicht mehr entziehen konnte. Wie ein Magnet zog es mich in deren Mitte und der Rhythmus erfasste auch mich.

Als hätten sie nur auf mich gewartet, tanzten sie zusammen mit mir um das Feuer. Alles schien mir irgendwie vertraut, als hätte ich es bereits früher so erlebt. Dann formierten wir uns plötzlich zu einer sich windenden Schlange und bewegten uns, einer nach dem anderen, durch das Unterholz vom Feuer weg – und durch das hügelige Land bergan, der Morgendämmerung entgegen.

Die Welten verschmolzen miteinander.

Es wurde hell, und bald stand ich an einem steilen Abhang, von dem aus ich die ganze Weite des Landes überblicken konnte. Fern wuchs ein Gebirge in große Höhen, steil und felsig, dessen Horizontlinie am hinteren, entfernteren Teil abzubrechen schien - oder war es nur eine Wolkenwand? Abenteuerlust packte mich. Tief unter mir ein schmaler Flusslauf, den ich nun zu erreichen suchte. Eine Wasserstraße.

Schon bewegte ich mich in einem schwankenden Kanu auf ihr dahin. Begierig suchte ich alles in mich aufzunehmen. Die bewachsenen Ufer rechts und links, und mich selbst, wie ich neugierig war darauf, wohin mich das Wasser wohl tragen würde. Bald jedoch bemerkte ich auch eine steigende Angst, die mich befiel. Ich war wieder allein. Das Wasser wurde schneller, und auch lauter. Was wartete da vorne auf mich? Hinter der nächsten Biegung, waren das vielleicht Stromschnellen? Wie weit hatte ich mich bereits von den anderen entfernt?

Das Wasser wurde schneller und schneller! Es wäre gut, nach einer Stelle am Ufer zu suchen, an der ich anhalten konnte. Da, da vorne! Doch schon war ich vorbei. Panik machte sich in mir breit. Schnell, bevor es gar nicht mehr möglich war! Ich musste anhalten! Es gelang mir, in Ufernähe zu kommen und mich mithilfe einiger Zweige, an denen ich mich festkrallte, mit großem Kraftaufwand auf ein kleines Felsstück an Land zu manövrieren. Gerettet! Puh! Erschöpft ließ ich mich darauf sinken.

Mit geschlossenen Augen lag ich auf dem Rücken und ließ mir die Sonne ins Gesicht scheinen. Es war schön hier! Das Wasser rauschte . . .

Ganz langsam tauchte ich aus meiner Traumwelt auf und schaute mich um.

Doch wie kam ich wieder von hier weg? Das Boot war verloren, ich hatte es nicht halten können. Langsam wurde mir mulmig zumute. Eine weitere Nacht wollte ich in dieser Wildnis nicht erleben!

Bang sah ich es bereits wieder dunkel werden. Wo war nur die Zeit geblieben? Ich zog die Jacke fester um meinen Körper. So hilf mir doch Alrun!

Von fern drangen menschliche Geräusche an mein Ohr. Eine Stimme rief nach mir, ließ mich Hoffnung schöpfen. Oder bildete ich mir das nur ein?

„Vito! Viitoo!"

Da! Sie suchten mich!

„Ja! Hier! Ich bin hier!" rief ich erleichtert. Schon hörte ich, wie sich jemand durch das Unterholz schlug . . .

Und dann stand plötzlich Urs vor mir.

Verblüfft starrte ich dem jungen Mann entgegen, der da wie aus dem Nichts auftauchte. Aber erst, als er sich mir näherte, erkannte ich meinen Freund aus Kindertagen, mit dem ich so viel Zeit bei meiner Tante verbracht hatte.

„Urs!

Bist du´s wirklich? Wo kommst du denn so plötzlich her?"

„Vito! Ja, nun schau mich nicht so fassungslos an, mein Lieber! Alrun hat mich geschickt, natürlich! Er grinste mich an. „Lange nicht gesehn, was?"

„Aber, aber ...", stotterte ich.

„Nun komm erst mal mit, wir können uns ja später noch unterhalten!" Er drehte sich um und ging.

Sprachlos folgte ich ihm.

„Bist groß geworden, weißer Mann! Hübscher Kerl!" Urs lächelte verschmitzt in sich hinein. „Nur immer noch nicht ganz erwachsen, was?"

„Braunauge weiß es gewiss wieder besser, nicht wahr?", konterte ich, wie bei unseren jugendlichen Spielen von damals.

Urs hielt inne und drehte sich zu mir um. Prüfend betrachteten wir einander. Er, ein dunkler Typ wie Alrun, war das Gegenteil von mir, dem hellhäutigen Nachkommen der Nordeuropäer. Und doch wirkten wir früher immer wie Brüder auf alle, die uns zusammen sahen. Und das waren wir ja auch. Blutsbrüder! In Gedanken an die Zeremonie, der wir uns damals stellten, überzog mich im Nachhinein noch eine Gänsehaut. Doch inzwischen waren wir erwachsen geworden. Urs` geschmeidiger, muskulöser Körper, seine breiten Schultern, beinahe alles an ihm, besonders aber seine, in sich ruhende Haltung, überzeugten mich davon.

Er schien sich ebenfalls Gedanken über mich zu machen:

„Alrun sagte immer, du seiest deinem Großvater wie aus dem Gesicht geschnitten, Vito."

Es wurde still zwischen uns. Eine Weile hingen wir unseren Gedanken an Alrun nach.

„Sag mir, wie ist sie gestorben?", befragte ich Urs. „Warst du dabei?"

Nach dem anfänglichen Tosen des Wassers schien nun der Wald mit mir gemeinsam den Atem anzuhalten. Doch Urs Antwort blieb rätselhaft.

„Nein, nicht direkt."

„Wie, was meinst du damit?" Ich war irritiert.

Urs betrachtete mich ernst. Dann schüttelte er langsam seinen Kopf:

„Du kennst sie doch, Vitus."

Er sagte *Vitus*, so hatte er mich zuvor kaum genannt.

Aufmerksam wartete ich auf eine weitere Erklärung. Doch es schien bereits alles gesagt.

Ich folgte Urs auf den verschlungenen Pfaden, bis wir das Haus erreichten.

„Du hättest es nicht wiedergefunden, stimmt´s?"

Ich antwortete nicht, doch er schien auch keine Antwort zu erwarten.

Drinnen glommen noch die Scheite eines vormals großen Feuers im Herd und verbreiteten die heimelige Atmosphäre im Raum, die ich von früher her kannte.

„Du warst schon hier?", fragte ich ihn mit Blick auf das Feuer.

Schon wollte ich mich in Alruns Sessel vor dem Kamin niederlassen, zögerte aber beim Gedanken an sie. Schließlich überwog meine Müdigkeit, und ich setzte mich hinein. Dann wandte ich mich an Urs:

„Woher wusstest du von meiner Ankunft?"

Bedächtig legte er ein weiteres Holzscheit auf die Glut, die darauf wieder hell aufloderte.

Dann setzte auch er sich auf einen der Stühle und schaute mich stumm an, während er mit seinen Fingern auf der

Tischplatte trommelte. Es dauerte einen Moment, bis ich verstand.

„Die Trommeln also!" Ich starrte ins Feuer, in welchem die züngelnden Flammen seltsame Figuren erschufen.

Lange saßen wir in dieser Nacht beieinander. Nach und nach erwachten die schlafenden Erinnerungen in den dunklen Ecken unserer labyrinthenen Seelen, sich gemeinsam mit uns am Feuer zu erwärmen.

Als ich am nächsten Morgen erwachte, war Urs verschwunden. Es verwunderte mich nicht besonders, da ich das bereits von ihm kannte. Er kam und ging – man wusste nie, was er grad plante. Aber wenn er gebraucht wurde, war er da. So wie auch gestern für mich.

Ich ging raus und wusch mich direkt am Bach hinter dem Haus, schlug mir mit Begeisterung das klare Wasser ins Gesicht und an den Körper.

Gegen Mittag tauchte auch Urs wieder auf, ein riesiges Fleischstück geschultert.

„Wo hast du das denn so schnell her?", fragte ich erfreut.

„Ich war jagen."

Sicher hat er seine Quellen, dachte ich amüsiert und frotzelte:

„Da hab ich ja echt Glück, dich hier zu haben! Ich hätte mir sonst erst was besorgen müssen."

Urs blieb gelassen. „Ein Gastgeschenk für unsere Freunde! Wir werden zur Zeremonie erwartet, die heute Abend beginnt und zu Ehren Alruns stattfindet."

„Und da gibt's dann einen Festschmaus am Lagerfeuer? Nicht schlecht, Alrun!" Ich prostete ihr in Gedanken zu.

Urs fuhr unbeirrt fort: „Wird etwa sieben Tage andauern!"

„Was, so lang?! - Und warum nur etwa und nicht genauer?"

„Je nachdem, wie du dich dabei anstellst, Vito!"

Ich stutzte: „Hey, hey, hey! Was wird das denn wieder?"

„Es soll nach Alruns Wünschen deine, bisher versäumte, Initiation sein, Bruder. Du musst dich nun entscheiden!"

Augenscheinlich wartete Urs auf eine Antwort.

Verdattert schwieg ich.

Kurz darauf tobte in meinem Kopf ein Gewittersturm los.

Ich suchte, meinen Freund zum Reden zu bringen – es gab so viel, was ich wissen wollte - doch war ihm vorerst nichts mehr zu entlocken. Nach einer Weile seine erneute Frage:

„Deine Entscheidung?! Willst du es machen, bist du dabei?"

Schließlich neigte ich, noch ein wenig unsicher, aber zustimmend den Kopf.

„Ich habe auch nichts anderes von dir erwartet, Vito.

Also, ab sofort kein Essen mehr, nur noch Wasser! – Und ich rate dir, die Anweisungen besser genau zu beachten!"

So ließ ich das Essen vorerst sein, auch wenn ich mir nur zu gerne ein Stück von dem Fleisch stibitzt und gebraten hätte. Schon beim Gedanken daran lief mir das Wasser im Mund zusammen.

Als sich der erste Aufruhr in Mund und Magen gelegt hatte, meldete mein Kopf seine Bedenken an.

„Wie läuft das eigentlich ab - es ist doch nicht wirklich gefährlich, oder?"

Urs, der neben mir gerade seinen Rucksack leerte, schaute auf und legte mir seine Hand auf den Arm.

Ich fragte weiter: „Du wirst doch in meiner Nähe sein, ja, Urs?"

Er antwortete ernst, beinahe feierlich:

„Deine Tante hat sich mit vielem beschäftigt. Damals zitierte sie z. B. Sätze von einer Internetseite, die ich dir geben soll. Urs stand auf und ging hinüber in den Nebenraum zu dem kleinen Ecktisch vor dem Fenster. Dort zog er einen Zettel unter Alruns Schreibtischmatte hervor. *„Steven Foster, Vision Quest"*, las er. „Die Ausführungen dort fand sie recht stimmig, als einleuchtende Erklärung auch für die heutige Mischgeneration unseres Landes", fügte er an, bevor er zitierte, was Alrun sich auf dem Zettel notiert hatte:

‚Es gibt Zeiten in deinem Leben, da ist es nötig, alles hinter dir zu lassen. Zeit, hinauszugehen und mit Gott alleine zu sein, mit der Natur, mit ihren Wesen . . .

Und an diesem einsamen Ort geht der Mensch auf Innenschau, erhält wie ein Geschenk Antworten, Klarheit, eine Vision, die er mit zurücknimmt zu seiner Gemeinschaft, auf dass sie weiter bestehen kann und blüht und damit das Leben weitergeht.

. . . du wirst dabei deinem Mut, deinen Ängsten und deiner Kreativität begegnen . . .

Initiationsrituale sind bewusste Übergänge von einem Le-
bensabschnitt in den nächsten . . . ,

die dir *helfen, durch die Krise des Erwachsenwerdens zu*
finden . . .

von der uralten seelischen Bewegung, die sich in Men-
schen vollzieht, die durch einen Wandlungsprozess gehen
. . .

zu einem tieferen Zuhause in sich selbst bzw. einer tiefe-
ren Wahrheit und Reife in sich selbst . . . '

Urs ließ den Zettel langsam sinken, während er mein Gesicht beobachtete. Zufrieden legte er das Blatt anschließend auf seinen Platz zurück.

„Sie hat mich auch beauftragt, dich dabei zu begleiten und
dir beizustehen, falls du nicht klarkommen solltest, kleiner Bruder. Sie kannte ja deine Angst vor den wilden Tieren." Er lächelte mich spöttisch an, so dass ich mich bei
meiner Ehre gepackt fühlte und aufbegehrte. Aber nur
kurz, denn schon kam mir die Erinnerung an das unheimliche Grollen in dunkler

Nacht zurück. Es war daher nicht übertrieben, als ich mich
ehrlich für seinen Beistand bedankte.

„Ist doch manchmal gut, einen großen Bruder zu haben!"
Ich puffte, mehr erleichtert, als spielerisch mit meiner
Faust gegen seine Brust. So, wie große Jungs es tun, um
ihre Rührung zu verbergen. Urs schien das zu verstehen,
denn er raufte mir einmal kurz durchs frisch geschnittene
Haar.

„Du schuldest mir noch mindestens eine Antwort, Urs!",
sprach ich ihn eine Weile später an. Nicht noch ein zweites Mal wollte ich mich so von ihm abservieren lassen.

„Was willst du wissen?", gab er zurück, ohne seine Tätigkeit zu unterbrechen. Ich sah zu, wie er bedächtig seine
Jagdtasche packte, und dabei prüfend mit dem Daumen
über die Schneide einer gefährlich aussehenden Klinge
fuhr, ihre Schärfe zu testen, bevor er das blinkende Instru-
ment zurück in die schützende Scheide steckte.

Das also ist sein Handwerkszeug, fuhr es mir durch den
Kopf. Man sah seinem Selbstverständnis, mit dem er han-
tierte an, dass er vertraut damit war. Plötzlich zweifelte
ich nicht mehr daran, dass er das Fleischstück – was war
das überhaupt für ein Tier? - selbst erbeutet hatte.

„Also, was?"

Urs hielt inne und schaute hoch. Er musterte mich eingehend. Unter seinem eindringlichen Blick wurde mir un-
vermittelt der Ernst meiner Lage deutlich. Was machte ich
hier eigentlich? War ich denn völlig verrückt geworden?
Hatte ich tatsächlich vor, an dieser unheimlichen Zeremonie teilzunehmen? Konnte Alrun das wirklich für mich ar-
rangiert haben?

„Angst?" Urs schien in meinem Gesicht wie in einem of-
fenen Buch gelesen zu haben.

„Nein, nein!" Wie aus der Pistole geschossen verließen
die Worte meinen Mund.

„Ich wollte nur wissen . . . ich hab dich doch schon *mal* gefragt, wie Alrun gestorben ist. Also, wie ist es dazu gekommen?"

Behende erhob sich Urs. „Dann komm mit auf die Veranda, Bruder! Ist wohl die Zeit gekommen, es dir zu erzählen!"

Da saßen wir nun dort draußen, und ich wartete gespannt darauf, endlich Aufschluss über Alruns Ende zu bekommen.

Urs richtete seinen Blick sinnend ins Grünland hinunter, als erhoffte er sich von dort eine Antwort auf meine Frage. Bedächtig schien er in seinem Kopf die Worte abzuwägen, mit denen er es mir begreiflich machen könnte, bevor er begann zu sprechen:

„Lange hast du dich nicht blicken lassen, Vito."

Ich antwortete nichts, es war nur zu wahr, was er sagte. Anfangs war ich noch ab und an hergekommen, doch mit zunehmender Beanspruchung durch Schule und Studium wurde es weniger. Als dann noch meine Freundin Elena dazukam, versiegte diese Praxis ganz. Immer seltener auch spürte ich die sonst zum Sommer hin auftauchende Unruhe in mir. Ich verschob meine Sehnsucht ein ums andere Mal auf später, wenn es günstiger wäre, nahm es mir fest vor. Aber beinahe immer kam etwas dazwischen.

„Viele Sommer sind vergangen, während Alrun geduldig auf dich gewartet hat. Und ich auch, Vito."

Urs räusperte sich, bevor er fortfuhr.

Ich spürte, wie mir eine Hitze ins Gesicht stieg und wandte mich verlegen ab.

„Sie sagte: Ich weiß, er wird kommen – irgendwann. Ich weiß es, die Silberstäbe haben es mir verraten.

Doch du warst so sehr beschäftigt mit deiner Welt . . .

Sie nahm dich trotzdem immer wieder in Schutz, wenn ich mich über dein Ausbleiben beschwerte. Immer hieß es: Er muss sich zurechtfinden, doch er wird kommen! –

Und siehe, jetzt bist du da, Vito!"

„Nur, dass Alrun es nicht mehr erleben darf", flüsterte ich bedauernd. Eine schwere Last schien sich mir auf die Schultern zu legen. „Ich gäbe was drum, sie jetzt hier bei uns zu haben!" Meine Hände krallten sich ineinander, als ich Urs fragte, ob es Alrun deswegen schlecht gegangen sei, und was sie die ganze Zeit über getan, womit sie sich beschäftigt habe.

„Alrun war eine kluge Frau, sie hat sich mit vielen Dingen beschäftigt, sich auch weitergebildet. Sogar mit dem Laptop konnte sie umgehen - dafür legte sie sich extra noch ein Stromaggregat zu - und wie ich weiß, hat sie sich sehr für die Belange der Native American, American Indian …, wie auch immer du uns nennen willst, eingesetzt.

Aber *du* warst wie ein Sohn für sie, Vito, das weißt du!"

Urs schwieg längere Zeit, während seine Worte tief in mich eindrangen.

„Kurz nach Ende des Winters, der ja wirklich sehr streng war, kam es dann zu einem Zwischenfall. Einer der Schwarzbären, der durch die vielen Touristen, die diese Tiere mit Futter anzulocken versuchen, die Scheu vor den Menschen verloren hatte, überraschte sie hier in der Nähe des Hauses und griff sie an. In der Not überließ sie ihm die Ausbeute ihrer gerade geleerten Fallen, und er ließ zum Glück von ihr ab. Sie rettete sich noch ins Haus, doch dann schwand ihr Bewusstsein. Wie lange sie dort gelegen hat, ist nicht mehr zu sagen, doch sie verlor sehr viel Blut. Dazu kam die Unterkühlung, die ihr letztlich eine schwere Lungenentzündung einbrachte. Zu allem Überfluss hatte sich auch noch die Wunde infiziert. Als ich Alrun einige Tage nach dem Vorfall fand, war sie bereits in einem sehr schlechten Zustand, weigerte sich aber, dem Rat des Heilers zu folgen und in ein Krankenhaus zu gehen. Ich bat sie, suchte sie zu überreden, doch keine Chance."

Urs stand auf und holte tief Luft, während er sich an die Brüstung lehnte und in die Ferne schaute. Nach einer kleinen Weile, in der einzig die Geräusche der Natur zu hören waren, drehte er sich zu mir um.

Sie wusste, wann es Zeit war, loszulassen. „Der Tod sei schon auf dem Wege zu ihr – es habe keinen Zweck mehr."

Urs schwieg. Auch ich sagte nichts.

Einzig eine Träne kullerte über mein Gesicht, als suche sie, mich reinzuwaschen.

„In den folgenden Tagen begann Alrun, alles so gut wie möglich zu regeln", setze Urs seine Ausführungen fort. „Ich half ihr dabei und versprach, später alles in ihrem Sinne zu veranlassen.

Danach legte sie sich hin und wartete auf ihr Ende. Es dauerte nicht lange, denn sie war vorbereitet und sträubte sich nicht.

Die Angehörigen unseres Stammes erwiesen ihr alle Ehren, beweinten sie und hielten die Totenwache. Danach wurde sie feierlich verbrannt. Die Tänze dauerten drei Tage und drei Nächte an."

Jetzt bekam auch Urs nasse Augen.

Ich stand auf, ging zu ihm und umarmte ihn etwas unbeholfen. Er ließ es geschehen.

Die Sonne war bereits bis an den Rand des Waldes gewandert - bald würde sie hinter den dunklen Silhouetten der hohen Bäume verschwinden. Mir wurde bang, als ich mich auf den kommenden Abend besann, doch es schwang auch Neugierde mit.

„Los jetzt, Vito, zieh dich um, wir wollen gleich aufbrechen!", gab Urs das Stichwort. Ich gehorchte und begab mich in den Nebenraum, der auch zum Schlafen diente. Es versetzte mir einen Stich, Alruns schmales Bett an der anderen Seite des Zimmers anzusehen. Eine ganze Weile stand ich in Gedanken versunken dort, mit wehmütigem Herzen. Endlich riss ich mich los. Ich musste mich jetzt beeilen. Schnell zog ich ein frisches Hemd, die Hose an, und griff nach meinem neuen Hut, auf den ich besonders stolz war. Als ich den Wohnraum wieder betrat, fuhr ich erschreckt zurück. Ein Indianer in voller Stammestracht, das Gesicht bemalt, stand vor mir.

Erst als er mich vergnügt auslachte, erkannte ich Urs.

„Wow, du siehst ja toll aus!" Beeindruckt starrte ich ihn an. „Und was sind das für Raubtier-Krallen an deinem Halsschmuck, sind die echt? Kann man sowas kaufen?"

Urs verzog keine Miene:

„Nimm noch etwas Tabak mit für die Alten!

Und, der Bär – er richtet keinen Schaden mehr an, ich habe ihn letzte Woche erlegt. Ich werde seine Krallen immer mit Stolz tragen! - Mein großer Kleiner Bruder muss noch viel lernen!"

„Du, du . . . hast ihn getötet?" Ich schnappte kurz nach Luft, als ich registrierte, was er da gesagt hatte. Doch mir blieb keine Zeit mehr, weiter darüber nachzudenken, denn Urs, der wieder das riesige Fleischstück – dieses vom Elch, wie er verriet - geschultert hatte, setzte sich bereits in Bewegung. Ich musste mich beeilen, mit ihm Schritt zu halten.

Chiara

Ich erfuhr diese Dinge, die Chiara betrafen, erst später über Dritte, und wiederhole sie hier nun aus deren Perspektive. Kira selbst konnte lange Zeit nicht mit mir darüber sprechen:

Ein paar Tage nach Vitus, machte sich auch Chiara, allerdings von der Universität Duluth aus, zum Ende des Semesters auf den Weg nach Hause. Sie hatte zuerst noch einige Arbeiten beenden wollen, bevor sie sich zurück ins Reservat begab. Von dort aus startete sie in den Semesterferien immer ihre verschiedenen Kurse und Verkaufsaktionen, an denen sich auch einige der Dorfbewohner beteiligten.

Als sie an diesem Tag den Überlandbus bestieg, ließ sie sich auf dem einzigen, noch freien Platz, nieder. Neugierig und ohne Scheu betrachtete sie das schlafende Gesicht ihres Gegenübers. Und was sie sah, gefiel ihr. Der schlanke, gut gebaute Bursche mit dem blonden Haarschopf rührte etwas an in ihr. Noch war sie sich nicht sicher, was es war.

Gerade erwachte der Fremde aus einem Traum, der ihn eben noch festhielt. Vielleicht sprach sie ebenfalls dieses Lächeln an, dass in seinen Zügen erschien.

Als habe er ihre Blicke bemerkt, öffnete er seine Augen, deren saphirene Bläue Kira sogleich gefangennahm.

Als er Alrun erwähnte, horchte sie auf. Das konnte ja nur eines heißen. Vor ihr saß Urs` Jugendfreund, der auch Alruns Neffe war.

Doch sie wollte ihm ihre Kenntnis nicht gleich verraten, wusste sie doch gar nicht, wie er sich in der langen Zeit seiner Abwesenheit entwickelt hatte. Was für ein Mensch war das eigentlich, da vor ihr? Auf der Busfahrt und während ihres Fußwegs erfuhr sie dank ihrer direkten Fragen alles Nötige, um sich, mithilfe ihrer guten Menschenkenntnis, zumindest ein ungefähres Bild über ihn machen zu können.

Als sie merkte, dass auch sie ihm gefiel, zögerte sie nicht, anzudeuten, dass sie ihn schon finden werde. Es war wie ein Versprechen, als sie ihm mit ihrem Finger die Lippen verschloss.

Dann machte sie sich über einen Umweg auf zum Dorf. Sie wollte sich mit dem Kennenlernen noch etwas Zeit einräumen.

Kapitel 3

Als die Sonne unterging, setzten die Trommeln ein.

Die kleine Waldlichtung bot ein selten gewordenes Bild. Die hier im Reservat ansässigen Indianer, allesamt festlich mit Federn und bunten Perlenschmuckbändern herausgeputzt, hatten sich im Halbrund auf ihren Decken niedergelassen. Vor der Lücke im Kreis, auf einem Tuch ausgebreitet, lagen verschiedene handgearbeitete und wunderschön verzierte Gegenstände wie: eine lange Pfeife, eine Dose mit Tabak, eine Schale mit wildem Wasserreis, ein Zeremonienstab, Medizinbeutelchen mit rätselhaftem Inhalt, einige Adlerfedern und ausgewählte Steine, ein besonders kunstvoll verziertes Jagdmesser, Pfeil und Bogen, ein Speer, einige geschnitzte Gesichtsmasken, ein Mörser mit bereits zerstoßenen Körnern und einer mit zerriebenen Kräutern und ein Wassergefäß.

Urs musste meinen fragenden Gesichtsausdruck bemerkt haben, denn er gab mir geflüsterte Erklärungen zum Gesehenen.

Doch schon zogen auch der Häuptling und die Ältesten mit ihrem prunkvollen Federschmuck und bemalten Gesichtern ein und schlossen die Lücke im Kreis. Auch sie ließen sich nieder, bekamen jedoch kleine, mit Fellen gepolsterte Bänkchen untergeschoben, die ihnen einen erhöhten Sitz und damit Überblick verliehen.

Ich staunte sehr, wie respektvoll auch Urs von allen behandelt wurde. Er musste sich bereits einiges Ansehen bei seinen Stammesangehörigen erworben haben. Das erfüllte auch mich mit Stolz.

Nun forderte er mich auf, meinen mitgebrachten Tabak ebenfalls dazuzugeben, um den Ältesten meine Ehre zu erweisen. Ich war Urs dankbar, denn aus meiner Unwissenheit heraus war ich allein nicht in der Lage, mich in dieser Situation angemessen zu verhalten.

Tatsächlich verbrachte ich die Zeit wie in Trance.

Jetzt, wo ich dies alles niederschreibe, bin ich mir meiner Wahrnehmung der Geschehnisse in den darauffolgenden Stunden und Tagen schon gar nicht mehr sicher. Es war alles so traumhaft unwirklich.

Doch ich will berichten, wie ich es in Erinnerung behalten habe:

Zunächst verstummten die Trommeln. Es wurde still auf dem Platz. Einige der Männer stopften die lange Pfeife und gaben sie dem Häuptling, der nun schweigend rauchend die Zeremonie eröffnete. Feierlich, Zug um Zug, gab man die Pfeife dann weiter, wobei der Rauch immer in alle vier Himmelsrichtungen ausgeblasen wurde. Als Urs mir auffordernd zunickte, machte ich es den anderen nach.

Dann gab der Häuptling die Leitung der Zeremonie mit einer Geste an den Ältesten, der sich würdevoll mit einem Neigen des Kopfes bei ihm bedankte und darauf bedächtig zu sprechen anhob.

Auch wenn ich der Worte nicht mächtig war, da er sie in seinem Stammesdialekt sprach, so konnte ich doch verstehen, dass es dabei um Alrun, um Urs und auch um mich selber ging.

Mein Blutsbruder raunte mir erklärend zu: „Sie wollen Alruns Andenken, da die sich so für den Stamm eingesetzt hat, ehren und ihren letzten Wunsch erfüllen: deine Initiation! Zudem soll auch ich für meine Tapferkeit geehrt werden."

Verunsichert fragte ich zurück: „Was muss ich jetzt tun?"

Er stupste mich in die Rippen.

„Keine Sorge, Kleiner Bruder, es wird sich alles ergeben. Lass es einfach zu!"

Zulassen sollte ich es? Das war schwer, wenn man nicht wusste, was kam!

Zum Glück wurde meine Aufmerksamkeit von mir selbst weg und wieder auf das Geschehen im Rund gerichtet, denn die Trommeln setzten erneut ein und begleiteten nun die Vorführungen und Tänze einzelner Männer mit den unterschiedlichen Waffen, welche auf dem Tuch präsentiert waren. Dazu setzten sie jeweils noch Masken und Fellkappen mit den Köpfen erlegter Tiere wie Bären, Wölfe, Adler auf, die ihnen ein unheimliches Aussehen verliehen. Zudem wurden kleine Schalen mit einem Kräutertrank herumgereicht, der zugegebenermaßen abscheulich schmeckte – doch das durfte ich mir auf keinen Fall anmerken lassen. Also trank ich tapfer aus, ohne eine Miene zu verziehen, was mich jedoch viel Mühe kostete.

Als die Trommler mitten in einem wilden Drummer-Stakkato unerwartet abbrachen, und zwei der Tänzer direkt vor mir stehen blieben, mich in die Mitte nahmen und in den Kreis geleiteten, erschrak ich heftig. Zunächst dachte ich, sie wollten mich in ihre Darbietung einbeziehen, doch blieben sie nur kurz mit mir vor den Ältesten stehen und brachten mich sodann zu einer kleinen runden Hütte, etwas abseits des Platzes. Ich hatte sie bisher überhaupt noch nicht bemerkt. Suchend schaute ich mich nach Urs um, doch der lächelte mir nur aufmunternd hinterher.

Noch bevor wir aber die Grashütte betreten konnten, überkam mich eine unbezwingbare Übelkeit. Meine Begleiter schienen dies schon geahnt zu haben, denn sie machten mit mir ein paar Schritte in den Wald hinein, und zeigten auf den Boden. Dorthin, in eine kleine Mulde, erbrach ich mich darauf heftig. Als ich fertig war, gaben sie mir ein paar Blätter zum Abwischen und warfen, von einem wohl extra für diesen Zweck aufgeschobenen Erdhaufen, einige Hände voll davon zum Abdecken hinterher.

Ich begann zu verstehen. Das alles war Teil eines Reinigungsrituals. Ich musste wohl erst leer werden, alles hinter mir lassen, bevor ich in der Lage war, Neues aufzunehmen.

Mein Eindruck verstärkte sich noch, als wir zurück zu der Hütte gingen. Einer meiner Begleiter schlug die Eingangsdecke zurück und gebot mir, einzutreten. Ich musste mich tief bücken, um ins dunkle Innere zu gelangen.

Sofort schlug mir, wie eine Wand, beinahe unerträglich feuchte Hitze entgegen, und ich wurde von mehreren Händen gepackt und bis auf die Shorts entkleidet. Ich muss zugeben, dass ich es sonst auch kaum ausgehalten hätte. Schon floss mir der Schweiß in Strömen herunter.

Eine Schwitzhütte! Natürlich! Beinahe hätte ich aufgelacht.

Langsam gewöhnten sich meine Augen ein, und ich konnte im dichten Nebel schemenhaft zwei Menschen erkennen, die mich auf eine Matte hinunterdrückten, was ich erschöpft geschehen ließ.

Hier drinnen waren die immer schöner werdenden Gesänge und der Klang der Trommeln nur noch gedämpft zu hören, doch begleiteten sie mich unentwegt, ja, sie entfalteten eine immer stärker werdende Wirkung auf mich.

Alle Zellen meines Körpers waren in Bewegung geraten. Alles schien sich zu verflüssigen.

Inzwischen hatte man bereits mehrere Male den Aufguss erneuert – es müssen Stunden vergangen sein! Die Geräusche drangen nur noch wie durch Watte an mein Ohr, beinahe wäre ich eingenickt, doch sofort wurde ich unsanft geschüttelt. Als ich die Augen öffnete, erschrak ich zutiefst, denn ich wurde aus feurigen Gluthöhlen angestarrt. Die unheimliche Fratze des Medizinmanns? Entsetzt wollte ich aufspringen, wurde aber sogleich energisch zurechtgewiesen.

„Nicht schlafen! Nicht einschlafen!".

Immer sackte ich von ganz alleine wieder in mich zusammen. Aber ich durfte nicht ruhen, schon wurde ich wieder emporgezerrt. Die zwei Helfer griffen mir unter die Arme und schleppten mich hinaus. Die kühle klare Nachtluft, verhalf mir wieder zu mehr Bewusstheit. Aber nun musste ich mich in Bewegung setzen und laufen. Wir stiegen hinunter zum Ufer eines kleinen Gewässers. Meine Begleiter liefen mit mir hinein ins kalte Nass, bis uns das Wasser zu den Schultern reichte, tauchten mich ein, zwei, dreimal ganz unter, bevor sie mich wieder hinausschleiften und erst mal auf dem Bauch liegen ließen. Hustend und Wasser spuckend richtete ich mich nach kurzer Zeit kniend auf.

Sie ließen mir keine Zeit zu verschnaufen. Auf ging´s wieder, über die Felsen hinauf, immer weiter und weiter – wo wollten sie denn mit mir hin? Immer noch begleiteten uns die Trommelklänge, die zu uns aufstiegen – oder kamen sie gar nicht von dort unten? Mir schien es beinahe, als hörte ich sie hier oben, dort, vor mir auf dem Wege. Hinter der nächsten Wegbiegung musste es sein. In Gedanken sah ich sie schon vor mir, die singende alte Frau, deren Stimme ich die ganze Zeit über hörte. Waren das Beschwörungsformeln oder Heilige Gesänge?

Gleich, gleich würden wir sie sehen! Gespannt spähte ich um den Felsen herum.

Schon wähnte ich mich am Ziel. Doch ich wurde abgewiesen und meine Geduld auf eine erste Probe gestellt.

Unwirsch fuhr mich die Weise Alte an:

„Was willst du? Weißt du denn, was du willst? Und dann: bist du auch bereit, dich dafür einzusetzen?"

Damit hatte ich nicht gerechnet. Diese Fragen hatte ich mir selbst noch nicht allzu oft gestellt.

„Ich, äh, ich weiß nicht", vor Scham lief ich sicherlich rot an, denn es wurde mir mit einem Mal ganz heiß. Verlegen wand ich mich, suchte nach Worten, bis mich die Frau wegscheuchte wie eine lästige Fliege.

„Geh, und komm erst wieder, wenn du mir mehr zu sagen hast!"

Enttäuscht wandte ich mich um und wollte gerade wieder gehen, da rief sie mir noch etwas hinterher, das ich mir aber nicht erklären konnte:

„Geh auf die Reise, und suche dir Unterstützung!"

Meinen Begleitern gab sie einige, mir unverständliche Anweisungen, und schon wurde ich wieder gepackt und zu einem neuen Ort gebracht. Überrascht sah ich mich kurz darauf vor dem Eingang einer großen Felsenhöhle stehen, die ich noch gar nicht kannte. Wieder wurde mir eine Schale gereicht, die gefüllt war mit jenem abscheulichen Kräutersud. Eine Ablehnung meinerseits schien keine Option zu sein, und so ergab ich mich in mein Schicksal.

Es war wie beim ersten Mal. Wieder musste ich mich übergeben, doch keine Schwitzhütte stand anschließend da. Diesmal wurde ich in einem Winkel im Eingangsbereich der riesigen Höhle untergebracht. Eine Matte lag dort bereit, und mir wurde bedeutet, mich dort hinzulegen und mich still zu verhalten. Nun erst sah ich, dass auch in den anderen Ecken bereits weitere junge Indianer lagen, die diese Zeremonie ebenfalls durchzuführen schienen. Ich war also nicht der einzige, doch da ich mich nicht besonders wohl fühlte, war ich froh, als man mich in Ruhe ließ. Nur wenn ich ganz reglos liegenblieb, spürte ich die Übelkeit nicht mehr und konnte meine Gedanken mit anderen Dingen beschäftigen. Zum Beispiel mit dem, wonach mich die alte Indianerin gefragt hatte:

„Was willst du? Weißt du denn, was du willst? Und dann: bist du auch bereit, dich dafür einzusetzen?"

Die Sätze hatten sich geradezu in mein Gehirn eingegraben. Es stimmte! Ich hatte keine Ahnung, was ich überhaupt anfangen wollte mit meinem Leben. Überall Sackgassen. Genau wie in Alruns Garten, irrte ich wie verloren umher. Ja, es war beinahe lustig, regelrecht ein Abbild meiner Suche. Noch deutlicher konnte man es ja nicht gesagt bekommen. Doch was hatte die Alte mit der „Reise" gemeint? Und welche Unterstützung brauchte ich, bzw. sollte ich mir holen? Ich war ratlos.

Genau in diesem Moment kamen meine Begleiter mit einem der Ältesten wieder zurück und bedeuteten mir, mich aufzurichten. Vorsichtig, um meinen Magen zu schonen, folgte ich der Aufforderung.

In seinem Ornat sah dieser Weise wirklich beeindruckend aus. Er hockte sich dicht vor mich hin und schaute mir eine Zeitlang ruhig ins Gesicht, bevor er mir, Formeln murmelnd, die Hände auflegte. Anschließend drückte er meine Haare kurz an und strich sie zu allen Seiten hin aus. Während er weiter die Geister anrief, wie ich mir zumindest vorstellte, wurde ihm eine Schale mit Wasser gereicht, aus der er dieses schlückchenweise aufnahm und über meinen Kopf hin mit dem Mund in jeweils eine andere Richtung versprühte. Ich musste komischerweise an eine Segnung denken, wie ich sie mit meinen Eltern zusammen in der Kirche anlässlich meiner Konfirmation damals erlebt hatte. Aber der Ernst des Indianers, mit der er diese „heilige" Handlung vornahm, verfehlte seine Wirkung bei mir tatsächlich nicht. Auch legte der Alte eine so gütige Art und Weise mir gegenüber an den Tag, dass es mich ganz innen drin wundersam berührte.

Einem Impuls folgend bedankte ich mich voller Inbrunst bei ihm, indem ich meinen Kopf vor ihm senkte.

Bevor er ging, redete er mich in meiner Sprache direkt an: „Vito!"

Ich fuhr überrascht zusammen und schaute erwartungsvoll zu ihm hoch.

„Nimm jetzt noch einmal einen Schluck vom Kräutertrank! Danach legst du dich hin und gehst auf die Reise! Hab keine Angst, es wird dir nichts Schlechtes passieren. Aber vielleicht geht es dir hinterher besser!" Damit drehte er sich um und ging.

Ich wartete nicht lange, seinem Rat zu folgen. Widerstandslos, ja geradezu erwartungsfroh, schluckte ich nun

noch einmal das Gebräu und legte mich sofort anschließend hin – so, wie der Alte es angeraten hatte.

Immer noch hörte ich die Trommeln. Ihr Wummern war
mir bereits in Fleisch und Blut . . .

. . . ganz ihrem Rhythmus folgend bohre ich mich tief hinein in die schwarze, fruchtbare Erde. Bis ich plötzlich in
einem Gang weit unten in der riesigen Höhle auskomme.
Hier ist es still. Totenstill. Aber doch nicht mein Ziel?!

Ich schaue mich unschlüssig um, wo geht es denn hier
weiter? Da! Dort hinten scheint es eine Öffnung zu geben.
Schon bewege ich mich darauf zu, schlüpfe hindurch, ge-
rate ins Rutschen – Halt! Halt! Haalt!!! Ich finde keinen,
es geht immerzu abwärts, in rasender Geschwindigkeit,
gleich, gleich! Lieber Gott, so hilf mir doch! Da, tief unter
mir öffnet sich ein riesiges Maul, das wird mich sogleich
. . !

Hier gibt es aber doch keine Krokodile!

Platsch!!! Wieder glücklich gelandet! Aufatmen, dort am
nahen Ufer des Sees. Wow! Noch einmal atme ich tief ein.
Die Erleichterung ist deutlich zu spüren.

`Keine Sorge, ich werde dir zur Seite stehn!`

Ich fahre suchend herum. Was war das, wer . . ? Kein
Mensch zu sehen.

Und doch fühle ich mich alsbald emporgehoben bis hoch in die Lüfte hinauf, ganz hoch ins klare Blau des Himmels, ich lasse die Schwere dieser Erde zurück. Ich fliege, ich fliege!

Der Adler hat mich mit sich auf seine Reise genommen. So ein starkes und schönes Tier. Ich fühle mich traumhaft sicher und geborgen bei ihm. War er es, der sagte, er wird mir zur Seite stehn?! Ich kann ihm vertrauen.

Meine Sorgen werden mit einem Mal ganz klein. Ich sehe alles so klar.

Ich bin frei wie der Vogel in der Luft!

Und jetzt ermöglicht er mir gar einen Überblick über meine letzten Aktionen der vergangenen Tage.

Ich kann Elena sehen.

Seltsam. Sie ist nicht eigentlich traurig - nur ein kleines bisschen - eher ärgerlich, wütend!

Ja sicher, ich habe ihre ehrgeizigen Pläne durchkreuzt. Es war bereits alles – mein Leben bereits durch sie - verplant. Mangels eigener Vorstellungen war die Lücke kurzerhand durch meine ehemalige Freundin gefüllt worden.

Da habe ich es wieder: Was will eigentlich ich? Was kann ich gut, wo könnte, wo wollte ich mich einbringen? Das wusste ich nur damals bei Alrun wirklich.

Ich möchte in Zukunft selber – ja, ich möchte selbst über mein Leben bestimmen! Plötzlich spüre ich eine ganz andere Energie in mir, ein neues Lebensgefühl. Ich will die Dinge gestalten! Dies ist ein guter Zeitpunkt, die Einschränkungen des Alltags loszulassen und mir mehr Freiraum zu verschaffen, gerade auch jetzt in Lebensbereichen wie meinem Studium und wohl ebenso in der Liebe.

Alrun! Da bist du ja wieder, wie schön! Was rätst denn du mir? Was soll ich tun? Etwa die Wege des Gartens gestalten?

Und da bin ich auch schon wieder. Hier in deinem Garten, dem Sinnbild meines Lebens. Tatsächlich! Ich bin bereit, neue Dinge gezielt anzugehen und auch etwas zu wagen!

‚Ja, du wirst dich erst bewähren müssen! Bahne dir nun deinen eigenen Weg, und lass dich nicht beirren! Nach Erfüllung deiner Aufgabe hole ich dich wieder ab.'

Der Adler setzt mich auf einem der Wege ab und fliegt davon.

Und so sitze ich wieder unter meinem Baum, unter dem ich noch vor kurzem nicht mehr weiterwusste. Doch nun gepaart mit viel mehr Klarheit, einer Freiheit und dem Wagemut für neue Entscheidungen.

Und schon wieder auch das unheimliche Gebrumm – ist es tatsächlich ein Bär? Meine Risikofreude wird also sofort auf eine Probe gestellt. Suchend schweifen meine Augen umher. Da sehe ich am Wegrand ein Buschmesser liegen, als habe es nur auf mich gewartet. Ich greife es mit beiden Händen und schaue achtsam umher. Noch einmal werde ich mich gewiss nicht vertreiben lassen! Doch da fällt mir ein, dass Bären dem Menschen klugerweise aus dem Wege gehen, wenn sie können. So mache ich mich also lieber bemerkbar und fange lauthals an zu singen.

Ein silbriges Klingen gibt mir meine Sicherheit nun ganz zurück - Alrun begleitet mich - tatsächlich geschieht mir

nichts. Der Bär wird den Wink verstanden haben.

Nun frage ich mich aber doch, woher ich denn wissen kann, in welche Richtung ich den Weg ebnen, wohin er führen soll. Versuchsweise mache ich ein paar Schläge mit dem Buschmesser, ja! Und dann folge ich einfach meinem Impuls, einen Weg, ganz nach meinem Gefühl, freizuschlagen. Singend bahne ich mir *meinen* Weg.

Ich arbeite und mache immer weiter – irgendwann kommt es mir vor, als würde ich mich von der Erde lösen, als schwebte ich wieder hoch in der Luft. Tatsächlich sehe ich hinunter auf das große, gerodete Stück Wegs, das ich bereits gestaltet habe. Zum ersten Mal bin ich zufrieden, ja, sogar stolz auf mich. Es ist ein wunderbares Gefühl.

Ein Geräusch holte mich langsam, aber sicher in die Gegenwart zurück. Als ich die Augen aufschlug, saß Urs neben meinem Lager und schaute mich lächelnd an.

„Mein Bruder war lange unterwegs. Ich bin sehr froh, ihn gesund und heil wieder hier begrüßen zu können." Er sprach diese Worte mit Nachdruck und, wenn ich es richtig deutete, auch Stolz in seinen Augen, als er mich umarmte.

Er deutete mit der Hand auf einen Gegenstand an meiner Seite. „Das hast du mitgebracht von deiner Reise, mein Bruder. Du bist hoch hinaufgeflogen und warst den Göttern nah. Dieses heilige Geschenk hast du dir redlich verdient!"

Erstaunt schaue ich auf die große Feder neben mir auf der Matte. Es ist eine Adlerfeder.

Sofort denke ich wieder an das wunderbare Geschöpf, das mich mit sich in die Lüfte genommen und mir aus der Vogelperspektive eine ganz andere Sicht auf mein Leben vermittelt hat.

Als ich aufstehen will, merke ich, dass meine Muskeln nicht so funktionieren, wie ich es will.

„Lass dir noch etwas Zeit, Vito. Ich werde indes zu den Ältesten gehen und ihnen deine Feder bringen. Danach hole ich auch dich!"

Ich nicke schwach. Die Pause wird mir tatsächlich mehr als guttun. Zufrieden schließe ich meine Augen.

Doch dieses Mal tauche ich ab in die Tiefen eines Schlafes, der mich mit sich nimmt bis an den Rand der Zeit.

Es ist, als sitze mir der Teufel höchstpersönlich auf der Brust. *,Gutes oder Böses?', fragt er und grinst mir frech ins Gesicht, und noch einmal: ,Gutes oder Böses?'.*

Ich merke, wie mir die Luft knapp wird. *„Nur Gutes – nur Gutes!"*, beeile ich mich hervorzupressen. Habe ich eine Wahl? Mir wird klar, dass es wichtig ist, wie ich mich entscheide. Vielleicht würde ich die mir lieben Menschen sonst nie, nie mehr wiedersehen? Oder anders. Ich sähe sie vielleicht schon, könnte aber niemals mehr Kontakt zu ihnen aufnehmen, wäre für immer und ewig von ihnen getrennt? Eine noch grauenhaftere Vorstellung. Obwohl ich kein sehr gläubiger Mensch bin, sehe ich mich plötzlich mit alten Vorstellungen aus meiner Kindheit konfrontiert, Tod und Teufel, Himmel und Hölle. Dabei steht der Adler doch für Liebe und Freiheit! Der Tod - schon greift er nach mir . . .

„Vito!!!"

Wer ruft mich? Nun presst man mir die Luft aus meinem Brustkorb, ich kann es sehen.

Da ist Urs, er macht sich große Sorgen um mich.

Aber ich bin doch hier, ich komme gleich mit dir, Urs! Komm ja . . . gleich . . .

Mensch, das tat weh – schon wieder eine . . . Mutprobe?

Jetzt ist's aber gut! Ich lasse mir nun nichts mehr, nichts mehr werde ich mir . . .

Urs, hilf mir bitte, Bruder! - Urs!

„Mensch Vito, was machst du denn?! Wir wollten doch deine Initiation und nicht dein Begräbnis feiern!"

„Ach ja – sicher, meine Initiation!" Ich lächele in mich hinein. Bin ich dem Tod doch wieder von der Schippe gesprungen! Ganz so leicht würde ich es ihm sicher nicht machen!

Und dann saß ich kurz danach wieder im Rund zwischen meinen Brüdern. Diesmal schauen alle voller Achtung auf mich. Der Älteste steckt meine Adlerfeder in ein schön geflochtenes Perlenband, welches er mir feierlich aufs Haar setzt.

Danach reicht man mir das erste gegrillte Stück Fleisch. Dankbar und voller Stolz nehme ich es an und beginne, vorsichtig daran zu knabbern.

Das Gelage dauert noch drei weitere Tage an, während derer ich immer mehr in die Gemeinschaft der Indianer hinein wachse.

Zwei Mal sollte mich Alrun in dieser Zeit noch besuchen.

Und sie erstaunte mich beide Male sehr mit ihrem Wissen über die weiteren Ereignisse in meinem Leben, so dass mich dies ganz schnell davon überzeugte, von ihr, auch aus der jenseitigen Welt heraus, weiterhin begleitet und beschützt zu sein.

Für die Indianer ist so etwas, wie mit den Ahnen in Verbindung zu stehen, nicht ungewöhnlich. Nur wir Weißen haben uns inzwischen so weit davon entfremdet, dass man es tunlichst vermeidet, in Gegenwart anderer davon zu sprechen, um nicht als merkwürdig, oder gar krank abgestempelt zu werden.

Wie ich bereits sagte, besuchte mich Alrun noch zwei weitere Male, bevor das Fest zu Ende ging. Und, wie es so ihre Art war, gab sie mir dabei auch gleich ein Rätsel mit auf den Weg. Das hatte sie schon zu Lebzeiten gerne mit mir gemacht. Bei jedem meiner Besuche hatte ich so eine Aufgabe von ihr zu lösen. Natürlich beinhaltete diese zugleich auch - interessant verpackt - eine Lebensweisheit oder sonst etwas Wissenswertes, so dass ich immer etwas dabei lernte.

Leicht wollte Alrun es mir nie machen, aber sie schaffte es wieder und wieder, meine Neugierde zu wecken. So auch jetzt, als sie mir Folgendes mit auf den Weg gab:

„Zwei Bereiche deines Lebens können dich ganz erfüllen, wenn du die richtige Wahl triffst, Vito! Folge dabei deiner Intuition, so wie du es bei der Anlage der Gartenwege, deinem Übungsfeld, gelernt hast!"

Einen Abend später fügte sie noch hinzu:

„Du musst dich einsetzen für das, was du willst, dich stark machen dafür, wenn du es erreichen willst. Das wird nötig sein! Aber halte dich dabei an Wahrheit und Treue!"

Alrun, wie ich sie kannte, in ihrem leuchtend bunten Überwurf, dem schwarzen Rock, Mokassins, Hut und ihrem langen, geflochtenen Haar, dem sprechenden Blick – so lebendig! Mein Herz fing an zu schmerzen vor großer Sehnsucht, als sie dann wieder verschwand. Auch, wenn ich sie nicht ganz verloren hatte, so machte es doch einen Unterschied, konnte ich sie eben nun nicht mehr - nie mehr - in meine Arme nehmen. Es war unwiderruflich schmerzlich, dass mir das erst jetzt in aller Deutlichkeit und Schärfe klar wurde. Und es trieb mir sogleich bittere Tränen der Trauer in die Augen, für die ich mich auch gar nicht schämte.

Der letzte Tag der Festlichkeit brach an. Am frühen Nachmittag wurden wir von den Frauen und Kindern des Stammes abgeholt und mit großem Tamtam zurück ins Dorf gebracht. In festlichem Aufmarsch zogen wir in die Siedlung ein.

Erstaunt schaute ich mich um, denn hier war ich noch nie zuvor gewesen. Nach den Tagen im Wald, begann ich plötzlich zu verstehen, was ein Kulturschock ist, so kalt und anonym kam mir diese Siedlung vor. Dann fiel mir das richtige Wort dafür ein: Seelenlos. Der Ort war seelenlos! Diese Häuser hatten nichts an sich, das an ein Zuhause für Indianer erinnerte.

Und sie waren auch nicht von den Indianern selbst erbaut, wie ich später von Urs erfuhr, sondern ihnen irgendwann von den Weißen als Wohnsitz in diesem Reservat zugewiesen worden.

So ein festes Haus hatte sicherlich manchmal sein Gutes, besonders in den kalten Wintern. Jetzt aber, im Sommer, zogen die Indianer offensichtlich immer noch ihre Kuppelzelte vor - Matten- oder Rindenwigwams - die durch die kreisförmige Aufstellung, in ihrer Mitte einen Platz für die Versammlungen der Gemeinschaft schufen, dessen Zentrum der kunstvoll gearbeitete und beeindruckende Totempfahl, mit dem Abbild des mythischen Donnervogels, bildete.

Dort wartete bereits ein köstlich ausschauender Festschmaus auf uns, dessen Duft, als er in meine Nase zog, mir sogleich alle Säfte im Leib zusammentrieb.

Nach zwei oder etwa drei Stunden des schönsten Miteinanders, angefüllt mit gemeinsamem Schmausen, Singen, Tanzen, Trommeln, Geschichten-Erzählens, begann ich, mich gedanklich mit meiner Rückkehr zu beschäftigen.

„Du Urs, gehen wir nachher gemeinsam zurück zu Alruns Haus? Oder willst du die Nacht über noch hierbleiben?"

In diesem Moment brach in einem der Frauenzelte eine merkwürdige Unruhe mit lautem Klagegeheul aus, das ich nicht einzuordnen wusste.

Auch Urs merkte auf und bedeutete mir, abzuwarten: „Anscheinend gibt es eine wichtige Angelegenheit zu besprechen, Adlerauge - ein Zwischenfall!"

Das Tagesprogramm war wohl doch noch nicht vorüber.

Chiara

Nur kurze Zeit war seit ihrem ersten Zusammentreffen vergangen.

Urs hatte ihr bereits einiges über Vito erzählt, und sie erfuhr auch von dessen anstehender Initiation. Bis zum abschließenden Fest waren es noch ein paar Tage, und so beschloss sie, vorher einmal zur Uni zu fahren und einige Recherchen für ihre nächste Arbeit zu tätigen. Darin ging sie so sehr auf, dass sie sich erst am letzten Tag auf den Rückweg ins Dorf machte.

Schon seit einer geraumen Weile spürte sie, dass ihr jemand auf ihrem Weg folgte.

Ein Weißer war mit ihr zusammen aus dem Bus gestiegen. Es sah aus, als habe er einen anderen Weg gewählt, doch als sie sich einmal umsah, verschwand gerade jemand hinter einem Baum, als wolle er sich verstecken. Beinahe dachte sie an eine Sinnestäuschung, doch dann erinnerte sie sich an den ungenierten Blick eines genauso gekleideten Mannes im Bus. Er war ihr unangenehm gewesen, deshalb hatte sie ihn bewusst mit ihren Blicken gemieden.

Jetzt war ihr bald richtig unbehaglich zumute.

Was hatte der Mann vor? Er schien ihr verdächtig, und sie beschleunigte ihren Schritt.

Doch sie konnte den Abstand zwischen ihnen trotzdem nicht vergrößern. Der Kerl kam ihr im Gegenteil immer näher. Nun machte er auch kaum noch ein Hehl mehr da-

raus, dass er sie verfolgte. Da wurde ihr unmissverständlich klar, dass der es ernst meinte. Kira war nicht naiv. Sie wusste, was indigenen Frauen manches Mal von weißen Männern angetan wurde. Ihr Atem beschleunigte sich, sie begann zu laufen.

„Bleib stehen, du Squaw, du! Ich krieg dich doch!" Damit warf er sich schließlich von hinten auf sie und riss sie mit seinem Gewicht zu Boden. Sofort durchfuhr ein stechender Schmerz ihr Bein. Er drückte ihr mit dem Arm beinahe die Luft ab: „Los, zieh dich aus!", keuchte er an ihrem Ohr, und dann hatte er plötzlich ein Messer in der Hand. „Ich – will – dich – ficken, du Hure!". Bei jedem Wort fuhr er mit der Messerspitze unter ihr Hemd und die Hose, schlitzte ihre Kleidung auf und hielt ihr danach das Messer an die Kehle. Chiara hatte Angst um ihr Leben und wagte nicht, sich zu rühren, während er auch schon seine Hose öffnete. Dann holte er sein Ding heraus und schob es ihr mitsamt seinen brutalen Fingern in ihren Körper, wieder und wieder, bis er auch seinen Samen in sie ergoss. Doch damit nicht genug. Sie weiterhin demütigend, fuhr er ihr mit Zunge und Fingern über Gesicht und Brüste, biss sie gar in die Brustwarzen, bis sie bluteten. Wer weiß, was er sich noch alles ausgedacht hätte, wenn sich nicht ein Motorengeräusch rasch genähert hätte. Schnell sprang er auf und verschwand fluchend im Gebüsch. Kira aber schleppte sich bis auf den Weg, um auf sich aufmerksam zu machen. Das war ihre Rettung, denn es waren zwei ihrer Stammesbrüder im Geländewagen, die sofort anhielten und ihr zu Hilfe kamen.

Wütend machten sie sich angesichts ihres Zustandes an die Verfolgung dieses Dreckskerls, während Kira sich im Auto einschloss, um auf sie zu warten. Alles tat ihr weh, während sie dasaß und über diese Schmach nachdachte. Am liebsten wäre sie im Boden versunken. Als die beiden mit dem Verbrecher zurückkamen, konnte das ihren Schmerz und die Scham nur wenig lindern. Sie brachten ihn sofort zum Reservats-Sheriff, bei dem Kira eine kurze Aussage machte. Endlich war der Vergewaltiger ihr aus den Augen. Sie hatte seine Nähe kaum noch ertragen. Dann ging es zurück ins Dorf, wo die Frauen sich sogleich um sie kümmerten.

Kapitel 4

Gerade war dem Häuptling eine Nachricht von einem Boten der stammesangehörigen Reservats-Polizei überbracht worden. Dieser zog sich daraufhin kurz mit seinen Ältesten zurück, was sofort ein großes Palaver entfachte. Ich nutzte diese Gelegenheit, Urs zu befragen: „Was hat das zu bedeuten? Was ist das für eine Aufregung?"

„Weiß ich auch nicht, warte mal! - Scheint etwas passiert zu sein. Hm, seltsam!"

Die Augen der Anwesenden waren nun auf den Häuptling und die Ältesten gerichtet. Überall murmelte und scharrte es, doch als der Häuptling sich erhob, wurde es sofort totenstill auf dem Platz.

Alle hatten sich wie zu einem Urteilsspruch erhoben – auch ich konnte die Anspannung beinahe körperlich spüren.

Der Häuptling wählte nun die offizielle Landessprache, wofür ich wirklich dankbar war, konnte ich ihm doch nur so in seinen Ausführungen folgen.

Zuvor raunte er noch einem seiner Leute ein paar Worte zu. Der setzte sich daraufhin sofort zu jenem Frauenzelt in Bewegung, von dem die Unruhe anfangs ausgegangen war.

Gespannt folgten ihm die Blicke der Übrigen.

„Heute ist einer unserer jungen Frauen . . .", begann der Häuptling, sich vor die Brust schlagend, zu sprechen – er hielt einen Moment inne, als könne er es selber nicht glauben – „. . . große Scham und Schande zugefügt worden".

Im selben Moment wurde die, mit einem Tuch verhüllte, weibliche Person, von zwei anderen Frauen in die Mitte des Platzes geführt. Ich schaute Urs fragend an, doch der zuckte auch nur mit den Schultern.

Der Häuptling ging auf die kleine Gruppe zu, legte der Verhüllten seine Hand auf den Kopf und hob dabei das Tuch etwas an, während er ihr ins Gesicht sah und sie ansprach: „Chiara, dir ist heute großes Unrecht durch einen weißen Mann geschehen!"

Ich zuckte zusammen! Chiara? - Kira! Das muss Kira sein, fuhr es mir siedend heiß durch den Kopf. Ich konnte sie gerade so erkennen, bevor das Tuch ihr Gesicht wieder verdeckte. Sie war´s, Kira! Ihr Gesicht stand mir noch deutlich vor Augen. Und, Unrecht durch einen weißen Mann? Große Scham und Schande? Das konnte doch nur eines bedeuten! - Ein junger Indianer namens Crow (in ihrer Sprache ‚Aandeg') war bei den Worten des Häuptlings mit einem Wutschrei aufgesprungen und stand nun mit geballten Fäusten da. Alles Blut war ihm aus dem Gesicht gewichen, so dass es eine ungesunde gelbliche Farbe angenommen hatte. Die anderen mussten es ebenfalls so verstanden haben, wenn sie auch nicht ganz so heftig reagierten.

Sofort ging ein Raunen durch die Reihen. Missbilligende Rufe wurden laut. Manche von Kiras Stammesbrüdern und Schwestern stießen gar ihre Fäuste in die Luft. Doch schon hub der Häuptling wieder an zu sprechen:

„Wir, deine Leute, werden alles dafür tun, den Schuldigen dafür zur Verantwortung zu ziehen."

Er legte der Unglücklichen nun beide Hände fest auf die Schultern. „Und wir werden eine Lösung für dich finden!"

Dann wandte er sich wieder der Gemeinschaft zu: „Ihr habt es alle gehört, ich habe gesprochen!"

Auf seinen Wink hin wurde Kira zurück ins Zelt gebracht. Die anderen Frauen gingen ebenfalls zurück in ihre Wigwams, während die Männer sich hinsetzten, um zu beraten, was zu geschehen hatte.

„Hey, was werden die denn jetzt tun?", stieß ich Urs an. „Was könnten sie mit Kira vorhaben?"

Ich mochte noch immer kaum glauben, dass es sich bei dem Opfer um meine eindrücklich reizvolle Reisebekanntschaft handelte, obgleich ich mich natürlich freute, sie wiederzusehen. Doch unter solchen Umständen? Welch ein Leid hatte sie ertragen müssen?

Nun ballte auch ich meine Fäuste. Ich bemerkte kaum, wie Urs mich schon eine Weile befremdet von der Seite betrachtete:

„Du kennst sie? Woher kennst du sie?!"

„Ach, das habe ich dir ja noch gar nicht . . . ich lernte sie auf der Herfahrt im Bus kennen", gab ich zurück.

„Und! Hast du sie seither gesehen?"

Jetzt erst fiel mir der scharfe Ton in seiner Stimme auf.

„Hey, was ist los? Das – nein, das war alles! Ich kannte ja nicht mal ihren Wohnort. - Doch sie gefällt mir!" Den letzten Satz hatte ich ein wenig trotzig hinzugesetzt, fühlte ich doch in seinen Worten einen unausgesprochenen Vorwurf mitschwingen.

Und plötzlich forderte dieser Aandeg, Crow, wie immer, auch noch laut und überraschend:

„Vito soll diese Versammlung jetzt verlassen! Das ist unsere alleinige Stammesangelegenheit!"

Ich erschrak. Was war denn plötzlich mit dem los? Er schien schlechte Erfahrungen mit den Weißen gemacht zu haben - so heftig, wie er reagierte. Er war irgendwie . . . oder konnte es sein, dass er eifersüchtig auf mich war? Hatte er vielleicht am Ende bereits ein Anrecht auf Kira? Das gefiel mir ganz und gar nicht. Ich merkte, dass ich selbst ebenfalls ganz aufgewühlt war.

Der Häuptling erhob seine Hand.

„Gibt es einen triftigen Grund, ihn auszuschließen – ist unserem weißen Freund etwas vorzuwerfen?"

Der junge Indianer senkte seinen Kopf und schwieg.

„Nun gut", ließ sich das Oberhaupt wieder vernehmen, „wie es aussieht, schäumen die jungen Säfte über, der Frühling verlangt sein Recht." Während er das sagte, zog sich sein rechter Mundwinkel beinahe unmerklich in die Höhe.

Doch sogleich wurde er wieder ernst.

„Wir dürfen darüber unsere Chiara nicht vergessen. Alles andere hat Zeit bis später!

Ihr könnt gleich eure Positionen, Wünsche oder Bedenken darlegen. Entschieden wird später!"

Er hielt einen Moment inne und ließ seinen Blick über die Versammlung gleiten, bevor er, tief einatmend, fortfuhr.

„Also, die Sachlage ist folgende:

Unsere Stammestochter Chiara wurde von einem fremden Weißen bis ins Reservat verfolgt und dann hier, auf unserem Gebiet, gegen ihren Willen zu sexuellen Handlungen gezwungen, sprich vergewaltigt, während der Täter ihr ein Messer an den Hals setzte.

Zwei unserer Brüder, die ebenfalls auf dem Weg zu unserem Lager waren, trafen kurz danach auf Chiara und konnten den Täter, ihrer Schilderung nach, noch aufspüren und dem Sheriff zuführen. Er wird seine gerechte Strafe bekommen, dafür sorgt unsere Gerichtsbarkeit!

Wir aber, Chiaras Brüder und Schwestern, haben eine andere Aufgabe. Wir werden dafür sorgen, dass unsere Schwester durch dieses Verbrechen keinen Schaden oder Nachteil davontragen wird! Ihr Ansehen soll in keiner Weise dadurch beschädigt werden - nennen wir uns doch nicht ohne Grund Anishinabe, was ja ‚menschliche Wesen' bedeutet."

Der Häuptling schwieg eine Weile, bevor er die Runde abschließend für weitere Stellungnahmen freigab.

Alle durften sich äußern, während die übrigen zuhörten.

Als schließlich alles gesagt schien, ermahnte er uns, es bis zum nächsten Tage ruhen zu lassen, es nurmehr in unseren Herzen zu bewegen. Er selbst werde am nächsten Tag seine Entscheidung dazu kundtun.

Damit löste er die Versammlung auf.

Mittlerweile war es spät geworden, so dass auch wir uns nun in ein zugewiesenes Zelt begaben, ein Nachtlager zu richten.

Nach kurzer Zeit, in der Urs auf alle meine Anfragen einsilbig geblieben war, trug auch mich der Schlaf auf seinen Schwingen davon, hinein in die dunklen Gefilde der Nacht.

Ich muss geschlafen haben wie ein Stein, denn erst von ganz fern hörte ich einzelne Stimmen lauter werden. Als ich endlich zu Verstand kam, sah ich, dass es schon hell war. Alle liefen bereits geschäftig hin und her, und doch war es merkwürdig ruhig. Die Worte des Häuptlings hatten ihre Wirkung nicht verfehlt.

Am späten Nachmittag, nachdem auch die Erwerbstätigen von ihrer Arbeit zurückgekehrt waren, ertönte das Horn zur Versammlung. Diesmal erschienen die Frauen eben-falls, blieben jedoch etwas abseits in einer Gruppe für sich, aber in Hörweite, sitzen.

Kira wurde von ihnen schützend in die Mitte genommen. Ich war ganz gebannt von ihrer Erscheinung. Immerzu suchte ich einen Blick in ihr Gesicht zu erhaschen, bis mich ein schmerzhafter Rippenstoß von Urs herumfahren ließ.

Die Männer fingen schon an, spöttische Bemerkungen zu machen.

„Mein Bruder, Kira scheint dir ja richtiggehend den Kopf verdreht zu haben, hast du dich etwa verliebt?", fragte Urs.

Das ließ mich wie ein Mädchen erröten.

Ein Handzeichen des Häuptlings half mir aus meiner Ver-legenheit, denn sofort richtete sich die Aufmerksamkeit auf ihn und das geplante Thema. Wie mochte das Stam-mesoberhaupt in dieser Angelegenheit entschieden haben, was konnte der Häuptling überhaupt tun, Kira aus ihrer misslichen Lage zu befreien?

Das schienen sich auch die anderen gefragt zu haben, denn es herrschte erwartungsvolle Stille, als der Häuptling nun das Wort ergriff:

„Meine Brüder und Schwestern, gestern habe ich mit den Ältesten beraten und für heute meine Entscheidung ange-kündigt.

Unserer Schwester Chiara wurde ein großes Unrecht, ja, großes Leid zugefügt. Es ist ohne ihr Dazutun, ohne ihre Schuld geschehen.

Wir wollen bezeugen, dass sie unserer Achtung und Ehre auch weiterhin würdig ist, und ihr auch zukünftig jede Hilfe zuteilwerden lassen. Insbesondere auch im Hinblick auf mögliche Folgen dieses Verbrechens."

Hier legte er eine bedeutungsvolle Pause ein, die mit lautem Jammern von Seiten der Frauen gefüllt wurde, bevor er weitersprach.

„Darum werden wir am kommenden Neumond einen Wettkampf veranstalten, den bestmöglichen Ehemann für Chiara auszuwählen. Dieser soll und wird – falls Chiara ihn annimmt - alle Verpflichtungen für die junge Familie übernehmen und damit die Ehre unserer Schwester wiederherstellen.

Alle jungen Männer, die bereit sind, diese Pflichten einzugehen, sollen sich sogleich hier melden. Sie können sich die Wettkampfbedingungen, welche ausgewählt wurden, eine gute Versorgung der Familie sicherzustellen, dort ansehen." Er zeigte auf die ausgelegten Skizzen.

„Ich habe gesprochen. Mein Wort soll gelten!"

Als er geendet hatte, brach ein lauter Tumult los. Alle redeten wild gestikulierend durcheinander und stürzten sich neugierig auf die Bedingungen dieser Auswahl.

Mein Blick aber wanderte sofort zu Kira hinüber, die ganz ruhig und blass wurde. Das Tuch hielt sie in der Hand, aber es sah aus, als würde sie am liebsten ihren Kopf wieder damit bedecken, denn tatsächlich wurde sie nun von allen Seiten prüfend angestarrt.

Ich merkte, wie bald darauf ein Ruck durch ihren Körper ging, als besänne sie sich erst jetzt ihres Wertes. Sie richtete sich stolz auf, um mit erhobenem Haupt und wachen Augen umherzuschauen. Als ihr Blick mich traf, blieb er für einen kaum wahrnehmbaren Moment an mir haften, bevor sie ihn weiter schweifen ließ. Doch das hatte ausgereicht!

„Urs!" Ich sah mich suchend um. „Urs!" Wo war er denn nur? Der junge Typ namens Crow war schon eifrig dabei, die Bedingungen zu studieren und schaute nur einmal hämisch lächelnd, so schien es, zu mir herüber. Ich musste sofort Urs finden!

Bei den Zelten entdeckte ich ihn schließlich.

„Urs! Urs, so hör doch!", schnaufte ich, mehr vor Aufregung, als aus der Puste von meinem Sprint, schließlich war ich auch Sportler. „Was ist mit dir? Willst du denn nicht teilnehmen?", fragte ich verwundert.

„Ich? Ich komme nicht in Frage!"

„Wieso das denn nicht, Urs?"

„Da bist du doch erleichtert, oder?", lächelte er amüsiert. „Kira und ich stammen genetisch aus derselben Linie, bin also zu nah verwandt mit ihr, als dass ich sie heiraten dürfte, da gelten strenge Gesetze bei uns."

Jetzt verstand ich sein Desinteresse. „Aber ich, kann ich denn . . ?"

„Wie, du?"

„O, bitte Urs, frag für mich nach, ob ich auch teilnehmen darf, bitte!!"

Ein seltsamer Blick traf mich, als er mir antwortete: „Willst du das wirklich?"

Sofort fiel mir bei seinen Worten die unwirsche Alte auf dem Hügel ein. Hatte ich nun endlich gefunden, was ich wollte?

Und war ich auch bereit, mich dafür einzusetzen? Alles in mir schrie: Ja! Ich nickte heftig mit dem Kopf.

„Also gut, Vito, ich werde für dich nachfragen.

Sind ja noch neun Monate bis dahin, Zeit genug, dich . . .

Komm mit!"

„Was sagst du? Urs, wir müssen uns jetzt beeilen, die Wettbewerbsbedingungen anzusehen." Es drängte mich alles nur noch hinüber, es konnte mir gar nicht schnell genug gehen.

Die Alten stellten meine Geduld auf eine harte Probe. Ich hörte sie laut miteinander diskutieren, und es klang ganz und gar nicht nach purer Übereinstimmung. Je länger es währte, desto mehr sank mir der Mut. Als ich dann auch noch einen triumphierenden Blick von Crow auffing, der das Geschehen ebenfalls zu verfolgen schien, spürte ich plötzlich einen Schmerz in meiner Brust, der mir neu war.

Wenn ich mir vorstellte, dass jemand anderer, etwa dieser Crow . . .

Da kam mir meine Tante Alrun wieder in den Sinn, und mir war beinahe, als hörte ich das Klingen ihrer silbernen Stäbe, die mir zuraunten: *„Du musst dich einsetzen für das, was du willst, dich stark machen dafür, wenn du es erreichen willst. Das wird nötig sein! Aber halte dich dabei an Wahrheit und Treue!"* Schon wollte ich aufspringen, doch ich hielt noch einmal inne. Was konnte sie mit Wahrheit und Treue gemeint haben? Noch einmal überprüfte ich meine Beweggründe. Was wollte ich überhaupt mit meinem Einsatz bezwecken? Eigentlich kannte ich Kira doch gar nicht, hatte ich mich tatsächlich in sie verliebt? Und wie weit ging diese Liebe, wenn man überhaupt davon sprechen konnte? Die Indianer hier handelten anscheinend aus ganz anderen Gründen, nämlich aus praktischen Erwägungen heraus. Sie wollten Kira ganz einfach eine Lebensgrundlage für sich und . . . na ja, für sich und ihr Kind, falls sie denn geschwängert worden war, bieten. Mein Gott, ein Kind . . .

„Was murmelst du da? Ja richtig, das mit dem Kind solltest du dir wirklich noch einmal gut überlegen, Vito! Es wäre nicht von dir, verstehst du?", meinte Urs ernst.

Ich schaute ihn an, wie aus einer Trance erwachend. Erst jetzt, wo er es laut aussprach, wurde mir der ganze Sachverhalt so richtig bewusst. Ich kam mir plötzlich vor, wie ein Bräutigam, dem am Morgen seines Hochzeitstages, erstmals deutlich wird, was er bereit ist aufzugeben und der dann Torschlusspanik bekommt. Mein Magen begann sich zu verkrampfen. Was wusste ich überhaupt von Kira? Und erwiderte sie meine Gefühle denn auch?

Derart verunsichert und angeschlagen wurde ich nun zu den Ältesten gerufen. Urs, der meinen Zustand mitbekommen hatte, konnte mir gerade noch etwas zuflüstern:

„Hey, Vito, du darfst nur teilnehmen, wenn du es wirklich willst!"

Ich schaute ihn noch fragend an, als ich auch schon von anderer Seite angesprochen wurde.

„Junger Mann, setz dich her!" Einer der Ältesten klopfte auf den Platz an seiner Seite, ließ sich aber Zeit, bevor er, an seiner Pfeife saugend, fortfuhr. „Wir haben dich in den vergangenen Tagen ganz gut kennengelernt. Auch hat dein Blutsbruder Urs sich für dich eingesetzt, indem er um deine Teilnahmemöglichkeit am Auswahlwettbewerb bat."

„Ja, ich . . ."

Er gebot mir, die Hand erhebend, zu schweigen: „Geduld, das ist etwas, was du wohl noch lernen musst, mein Sohn. Denn die wirst du noch oft in deinem Leben brauchen, und wenn es nur beim Fischen ist." Er klopfte mir wohlwollend auf den Rücken. „In deinem Alter war ich genauso", kicherte er. „Doch nun sag mir aufrichtig, was du unserer Stammestochter überhaupt bieten kannst. Du kennst unsere Lebensweise, unsere Traditionen nicht wirklich gut, könntest du Chiara überhaupt ernähren? Sie, und das Kind eines anderen? Wärest du bereit, dieses als dein eigenes anzuerkennen und großzuziehen, ohne es das begangene Unrecht des anderen spüren zu lassen?"

Als ich mich nicht gleich zu reden getraute, stupste er mich aufmunternd an. Ein Blick in Kiras Richtung gab mir den Mut dazu, ihm gebührend zu antworten.

„Sicher habe ich noch eine Menge zu lernen, doch das werde ich. Und ich bin bereit, für Kira zu sorgen, auch wenn ich mir dazu einen Job suchen muss, denn ich studiere noch. Aber dazu müssen wir zunächst den Wettbewerbsentscheid und vor allem Kiras, also Chiaras Entscheidung abwarten.

Darf ich denn nun an der Ausscheidung teilnehmen, was habt ihr beschlossen?"

Der Alte schaute mir noch einmal prüfend ins Gesicht. Dann nickte er und antwortete: „Es sei beschlossen. Du darfst teilnehmen. Alles Weitere werden wir noch sehen." Damit entließ er mich.

Für einen Moment lang stand ich nur da.

„Hey, Vito, was ist jetzt?" Urs kam zu mir herüber und legte mir seinen Arm um die Schulter. „Muss ich dich trösten, du schaust so, so . . ?!" Er suchte nach dem richtigen Wort.

Ich aber atmete befreit auf.

Dann umarmte ich Urs stürmisch, hob ihn dabei kurz an und schwenkte ihn einmal ganz herum. Ich hätte jubeln können.

Von dieser überschwänglichen Geste überrascht, errötete Urs nun doch und schaute sich einigermaßen verlegen nach den anderen um. Hatte ich ihn also doch einmal aus der Fassung gebracht!

„Ja, mein Lieber! Ich darf mich bei dir bedanken, dass du dich so für mich eingesetzt hast. Herzlichen Dank, Urs! Aber nun komm bitte mit mir, ich muss wissen, was in den Wettbewerbsbedingungen zu lesen steht, kann es kaum noch aushalten!" Ich zog ihn am Arm in die Richtung der ausgelegten Schriftstücke.

Auf einigen Skizzen aus Birkenrinde waren Piktogramme zu sehen, die es zu entschlüsseln, beziehungsweise auszuführen galt.

Verblüfft schaute ich mich nach Urs um, schon mit dem Entziffern schien ich überfordert: „Sag mal, sollen wir die jetzt lesen und übersetzen?"

Urs trat näher und überflog die Bilderschriftzeichen, die mir selbst rätselhaft vorkamen. „Komm, setz dich her, ich erkläre sie dir!", damit ließ er sich auf den Boden nieder.

Ich tat es ihm nach. „Kommt mir vor wie ein Bilderrätsel."

Urs nahm nun ein Rindenstück nach dem anderen auf und fuhr mit dem Finger von einem Zeichen zum nächsten, während er mir Sinn und Zusammenhang erläuterte. „Weißt du, früher war das eine Möglichkeit, sich wichtige Dinge etwas leichter zu merken, wie auch, sich mit anderssprachigen Stämmen unterwegs ohne große Probleme zu verständigen. Also solltest auch du damit zurechtkommen. Schau dir doch alles einmal in Ruhe an, dann wirst du schon verstehen."

Jetzt nahm ich die Teile selbst in die Hand und tatsächlich: die mit wenigen Strichen dargestellten Symbole, im Zusammenhang gesehen, konnten beinahe wie Sätze gelesen werden. Das mochte, wie hier, zum Beispiel heißen:

Fahre mit dem Boot auf den See und fange einen großen Fisch mit deinem Speer, oder:

Erlege einen Elch mit Pfeil und Bogen, sowie:

Bewähre dich im Zweikampf, und:

Hilf mit bei der Wasserreisernte, sowie:

Schnitze deinem Sohn/deiner Tochter ein Spielzeug, und:

Hilf deiner Frau und zeige ihr deine Liebe, indem du essbare Wurzeln, Nüsse und Früchte sammelst, die du ihr vors Zelt stellst!

Ich runzelte die Stirn. „Hm! Heißt das jetzt, ich muss diese Aufgaben allesamt lösen, oder kann ich mir eine davon aussuchen?" Diese Frage ging an Urs, der mir immer noch geduldig zur Seite stand. „Verflixt, das Handwerkszeug muss ich erst noch beherrschen lernen – darf ich auch da noch auf dich zählen? Ansonsten kann ich gleich aufgeben." Wie sollte ich in so kurzer Zeit lernen, mit Pfeil und Bogen, Speer samt Boot etc. umzugehen? Ich war zwar recht sportlich und lernte schnell, doch in so kurzer Zeit, das alles? Ich hatte meine Zweifel. Doch dann fiel mir wieder Kira ein, und ich schüttelte mein Unbehagen ab. Einen starken Willen hatte ich jedenfalls auch, zumindest, wenn ich wusste, was ich wollte. Das würde mir helfen.

Urs hatte mir beim Denken zugesehen. Nun erklärte er: „Es ist so: Die Alten haben mir aufgetragen, dir zur Seite zu stehen. Doch der Akteur bleibst immer du. Und es müssen alle Aufgaben erfüllt sein, wenn du eine Chance auf Kira haben willst."

Ich muss wohl etwas mutlos gewirkt haben, denn er fügte hinzu: „Was schaust du noch? Du hast dir bei deiner Initiation doch selbst schon die Achtung der anderen erworben, Vito. Los, packen wir`s an, oder?"

„Gut. Als erstes sollten wir wohl die Disziplinen üben", schlug ich vor. Ich kann weder mit Speer, noch mit Pfeil und Bogen umgehen, gestand ich Urs.

„Aber im Figuren schnitzen bist du echt klasse, nicht wahr?" Er grinste mir frech ins Gesicht.

Ich nahm die Herausforderung an und zielte mit dem Finger eine imaginäre Waffe auf ihn ab, woraufhin er sich, wie getroffen und laut stöhnend, ins Gras sinken ließ. Danach rührte er sich nicht mehr.

Gerade wollte ich mich, in gespielter Entrüstung, auf ihn werfen, da drehte er sich mit einer blitzschnellen Bewegung zur Seite weg, packte mich und riss mich zu Boden. Ehe ich mich versah, lag ich, von ihm fixiert und völlig bewegungsunfähig, im Gras. „Ey, lass mich los, Mann!"

Urs stand auf. „Mit deiner Kampferfahrung ist es auch nicht weit her, wie es scheint."

„Pah! Na, das woll´n wir doch mal sehn! Immerhin habe ich den braunen Gurt im Judo!" Ich war echt entrüstet. So ein elender Lump! „Du, ich werde dir zeigen, was es heißt, einen ehrlichen Kampf abzuliefern! Aber ich bin ja lernfähig."

„Was hast du gegen List und Tücke einzuwenden? Vor allem, wenn sie dir oder deiner Familie unter Umständen das Leben zu retten vermögen? Du musst mit allem rechnen, darfst keine – hörst du? – keine Möglichkeit ausschließen, wenn du nicht wieder fixiert auf dem Boden liegen willst, Vito!" Er drückte mir sein Messer in die Hand: „Komm, versuch mich zu überwältigen, los! Und hör nicht auf, bevor du es geschafft hast, aber wag es ja nicht, mich abzustechen!"

Wir übten stundenlang und ich lernte so einige Tricks, bevor ich dann endlich meinen wohlverdienten, dazu selbsterbeuteten und gegrillten Fisch genießen durfte. Er schmeckte köstlich.

„Besser als ich dachte, der Kleine", murmelte Urs am Ende des Tages vor sich hin.

„Hast du was gesagt, Braunauge?"

Dann fiel mir plötzlich siedend heiß die Testamentseröffnung ein, was war mit der? Ich hatte nicht mehr viel Zeit – musste auch endlich zu meinen Eltern zurück. Die waren sicher schon sehr besorgt, sie hatten ja keine Ahnung. Und Kira, ich musste auch mit Kira sprechen! Wie konnte ich die Ältesten davon überzeugen, mir die Erlaubnis dazu zu geben, die sie den anderen Wettbewerbsteilnehmern bisher verweigerten? Schon wieder schwirrte mir der Kopf.

„Vito!"

Ich schreckte aus meinen Überlegungen auf.

„Ja?" – Dann hörte ich mich sagen: "Du Urs, wir müssen jetzt strategisch vorgehen, alles genauer durchplanen, sonst schaffen wir das in der kurzen Zeit, die uns zur Vorbereitung bleibt, nicht mehr." Ich erzählte ihm von Alruns Verfügung, und wir begannen gemeinsam, einen Schlachtplan auszuarbeiten.

„Sag mal, dieser Crow", meinte ich nachdenklich, „ist der gut im Kampf und auf der Jagd? Ich meine, was ist der überhaupt für ein Typ? Und was hat er mit Kira zu tun, gibt es da für mich etwas zu wissen?" Ich merkte, wie mir schon wieder die Hitze zu Gesicht stieg.

Statt einer Antwort reichte Urs mir ein Stück Holz samt einem Schnitzmesser herüber und meinte lakonisch:

„Wir wollen doch keine Zeit mehr vergeuden. Sieh zu, dass du etwas Schönes daraus machst – ich meine ein Kinderspielzeug, du weißt. Und gib nur gute Gedanken mit hinein, hörst du?! In der Zwischenzeit will ich dir dann wohl einiges zu meinem Stammesbruder erzählen, auch wenn das nicht so wichtig ist. Konzentriere dich vor allem auf dich selber! Sammle und bündle deine Kräfte in dir, statt sie wirkungslos zu vergeuden!"

Die Worte hallten in mir nach. Ich hatte die Ansichten meines Bruders inzwischen zu schätzen gelernt, und so nahm ich sie jetzt widerspruchslos in mich auf, um sie zu überdenken.

Der Termin der Testamentseröffnung stand bereits fest, und auch mein Training musste noch vor der Wettkampfausscheidung erfolgen.

„Natürlich müssen wir selber alles Erdenkliche dazu tun, dieser Prüfung gerecht zu werden." Urs sagte ausdrücklich ‚wir'. Dieses kleine Wort mit so großer Bedeutung angefüllt zu sehen, machte mich dankbar.

„Aber ich glaube, wir müssen auch die Geister bitten, uns dabei zu unterstützen, wenn wir Erfolg haben wollen, Vito."

Wir hatten uns eine lauschige Stelle am Ufer des Flusses ausgesucht, an der wir ungestört reden konnten. Das stete Plätschern des Wassers schützte uns davor, von ungebetenen Gästen belauscht zu werden. Andererseits konnten aber auch wir nicht alle Geräusche rundherum wahrnehmen.

Urs hatte mich bereits gelehrt, meine Gedanken mit Hilfe innerer Versenkung besser zu konzentrieren. Dazu war aber auch ein geschützter „Raum" nötig, um sich keiner äußeren Gefahr auszusetzen. Schließlich waren wir hier der Wildnis ein ganzes Stück näher als an meinem Wohnort in der Stadt.

Gerade sprach Urs davon, wie mächtig auch Gedanken sein können, und wie wichtig es daher sei, womit wir uns in ihnen beschäftigen, als plötzlich ein großer Weißwedelhirsch wie in Panik durchs Gebüsch zu uns durchbrach. Er hatte uns noch nicht bemerkt, da der Wind dafür ungünstig stand. Wir beiden duckten uns instinktiv weg, hinter einen der großen Findlinge, der da am Wasser lag. Und plötzlich konnten wir die Gefahr beinahe ebenso riechen, wie der Hirsch. Ein strenger Raubtiergeruch machte sich breit. Jetzt verstand auch ich die Panik des Tieres, das sich hinein ins Wasser flüchtete und zu schwimmen begann. Urs bedeutete mir per Handzeichen, es dem Hirsch gleichzutun, doch in anderer Richtung davon zu tauchen. Keine Sekunde zu früh, denn sonst wäre ich vor dem Kraftpaket von Bären, das da vor meinen Augen mit einem enttäuschten Aufbrüllen noch zwei, drei Sätze ins Wasser machte, gewiss schon vor Angst gestorben. So aber konnte ich alles in sicherer Entfernung aus dem Wasser beobachten. Ich bekam eine Ahnung von der gewaltigen Kraft dieses Raubtieres, dem ich hoffentlich niemals direkt über den Weg laufen würde. Schaudernd wandte ich mich an Urs, der jetzt auf gleicher Höhe mit mir schwamm. „Boh, der war ja riesig, was?", doch er wies nur mit dem Finger zurück zum Ufer. Als ich den Kopf drehte, sah ich dort eine wirklich große Bärin sich in den Sand legen, deren zwei halbstarke Jungen vergeblich mit ihren Tatzen nach Fischen angelten. Es war also bloß einer der Jungbären gewesen, der mich eben schon so beeindruckt hatte.

Urs meinte nur trocken: „Mit einer Bärenmutter ist eher nicht zu spaßen!"

Als wenn ich das bei den beiden Jungtieren jemals in Erwägung gezogen hätte.

Kapitel 5

Inzwischen war ich unterwegs auf dem Weg zur Metropolregion, genauer gesagt, nach Saint Paul, der Hauptstadt des Landes am Mississippi Oberlauf. St. Paul bildet mit Minneapolis zusammen die Twin Cities (Zwillingsstädte), wo die Testamentseröffnung stattfinden sollte. Es war eine völlig andere Welt.

Die lange Busfahrt kam mir zupass, denn dadurch hatte ich nun jede Menge Zeit, mir die Begebenheiten der vergangenen Tage noch einmal in Erinnerung zu rufen, und auch zu überdenken, was ich meinen Eltern gegenüber bezüglich meiner künftigen Vorhaben und Entscheidungen äußern und erklären wollte. Diese würden sich dort, in der Stadt, mit mir treffen, das hatte ich inzwischen telefonisch, ohne große Erklärungen, mit ihnen ausgemacht. Ich durfte ja nicht lange vom Reservat wegbleiben, denn der Tag der Wettkampfentscheidung näherte sich bedenklich schnell.

Alles schien mir plötzlich so unwirklich. Dabei war es doch echt noch nicht lang her, dass ich mich in die Semesterferien verabschiedet hatte. In dieser kurzen Zeit – so mein Gefühl - hatte ich mich zu einem völlig anderen Menschen entwickelt.

Mir kam der Augenblick wieder in den Kopf, in dem ich Kira zum ersten Mal begegnet war, damals im Bus, der in die andere Richtung fuhr. Ob sie wohl auch manchmal an mich dachte?

Ich hatte sie leider doch nicht mehr persönlich sprechen dürfen, dort im Indianerdorf. Aber als ich den mir wohlgesonnenen Ältesten, der mich bei meiner Initiation damals in der Höhle gesegnet hatte, um Rat fragte, meinte er nur: „Dir ist es zwar nicht erlaubt, aber deinen Bruder betrifft das Verbot ja nicht." Beinahe wäre ich ihm um den Hals gefallen dafür. So konnte ich es einrichten, Urs zu Kira zu schicken und ihr von mir zu berichten, bevor ich abfuhr.

Jetzt kramte ich aus meiner Jackentasche das kleine Päckchen hervor, das er mir von ihr zugesteckt hatte. Noch war ich nicht dazu gekommen, es mir anzuschauen.

Mir klopfte das Herz, als ich mich daranmachte, den besonders sorgfältig geknüpften Knoten aufzunesteln, der mit einem Band das Lederläppchen umschloss.

Was Urs ihr inzwischen wohl alles über mich erzählt hatte? Aber bestand ihrerseits denn überhaupt Interesse an mir? Ich hoffte es so sehr.

Ich selbst drängte Urs natürlich auch immer wieder, mir von ihr zu berichten, und zwar so sehr, dass er mir einmal sogar völlig entnervt seine Mokassins um die Ohren schlug. Aber ich sah wohl, wie er grinste, als er sich umdrehte. In der Erinnerung daran, musste ich nun ebenfalls lächeln. Welches Glück hatte ich doch, mit diesem Freund und Bruder an meiner Seite. Was brauchte ich mehr? Außer einer Frau natürlich. Schon war ich wieder bei Chiara - wie weit war ich doch bereits von Elena entfernt! Es war eine schleichende Entfremdung gewesen mit ihr. Inzwischen war der Schmerz einem leisen Bedauern gewichen, und selbst das war kaum mehr zu spüren.

Es lag klar auf der Hand, ich hatte mich tatsächlich neu verliebt, und zwar in Kira.

Wie geschieht so etwas? Wir waren doch noch gar nicht wieder zusammen, seit unserem Treffen im Bus und der Versammlung im Dorf.

Also Liebe auf den ersten Blick? Oder geschieht das alles nur in der Fantasie? Die spielt doch ganz sicher auch immer eine große Rolle.

Dann konnte ich nur hoffen, dass Kira denselben Traum hatte wie ich.

Endlich löste sich der Knoten.

Vorsichtig schlug ich die Enden des Ledertüchleins auseinander, unsicher darüber, was mich an Erkenntnis erwarten mochte.

Und ich konnte befreit aufatmen.

Da lag ein kleiner, handgefertigter Kettenanhänger, ein silberner Mini-Dreamcatcher, der meinen Schlaf behüten sollte. Der Türkis darin symbolisiert, soweit mir bekannt, Treue und Beständigkeit. Den Indianern Nordamerikas galt er als Heil- und Schutzstein.

Mein Herz ging mir auf und ein kleiner Jauchzer brach sich Bahn, so dass die Mitreisenden ein belustigtes Lächeln nicht unterdrücken konnten. Doch das störte mich in diesem Falle gar nicht.

Auch wenn das Geschenk noch lange kein Liebesbeweis sein mochte, so zeigte es doch, dass Kira mir wohlgesonnen war, und ja, dass sie mich zumindest mochte und nicht ablehnte.

Ich hatte also durchaus eine gute Chance, mein Ziel auch zu erreichen. Diese Aussicht beflügelte mich regelrecht, so dass ich mich beinahe schon in neue Träumereien verlor. Doch schnell holte ich mich wieder auf den Boden der Tatsachen zurück, um mir zu überlegen, wie ich das alles nachher meinen Eltern beizubringen gedachte.

Außerdem hatte ich erst kürzlich erfahren, was eigentlich Urs und Kira beruflich machten. Anfangs kam es mir gar nicht in den Sinn, danach zu fragen, so sehr war ich mit mir selbst beschäftigt gewesen. Erst, als ich mich darüber wunderte, wieso Urs stets und immer für mich bereitstand, ließ ich mich darüber aufklären. Da erfuhr ich zu meiner Verwunderung, dass die beiden, wie auch ich, an der Universität studierten und nun ihre Sommerpause hatten.

Zudem sollte Urs mir ja zur Seite stehen, wie er sowohl Alrun versprochen, als nun auch der Forderung des Häuptlings Folge geleistet hatte.

Urs hatte mir erzählt, dass ein Studium für Indianer durchaus noch Ausnahme unter den Indigenen ist, und dass es derer viele gibt, die arbeitslos sind und aus mangelnder Perspektive den ganzen Tag über herumlungern, auf dumme Gedanken kommen oder trübsinnig werden. Ein großes Problem!

Doch wenn man die Ausgangsbedingungen und die Benachteiligungen kennt, kein Wunder! Das Land und damit die Lebensgrundlage sind den Indianern ja lange genug zu

Unrecht entzogen worden, nur, weil die Weißen sich daran bereichern wollten. Auch wenn mittlerweile ein Umdenken stattgefunden hat, ist noch lange nicht alles auf dem richtigen Weg.

Meine Gedanken machten einen Schwenk, zurück zu den Studienfächern der beiden. Während ich selbst bisher an der Universität von Minneapolis Ingenieurwissenschaften studierte, aber wechseln wollte, hatte Urs sich in Duluth den Wirtschaftswissenschaften und Kira, laut seiner Aussage, den Bildenden Künsten zugewandt. Sie waren die zwei Glücklichen des Stammes, deren schulische Leistungen sie zu einem staatlichen Stipendium berechtigten. Außerdem verdiente Urs sich ein Zubrot bei Uni-Kursen, die studentische Exkursionen begleiteten, welche auch sportliche Aktivitäten, wie Klettern, Paddeln, winterliche Schneeschuhausflüge, sowie Überleben in der Wildnis und eine neue Aufmerksamkeit für den Naturschutz etc. einschlossen. Den jungen Leuten sollte außerdem die Lebensweise der Indianer nähergebracht werden.

Kira ihrerseits hatte bei ihren Nebenbeschäftigungen den Fokus auf Workshops für indianisches Kunsthandwerk gelegt, wodurch sie auch ihren Stammesmitgliedern eine Erwerbsmöglichkeit verschaffte.

Ich selber wusste lange Zeit nicht, was ich statt meines Faches, welches meine Eltern mir praktischerweise angeraten hatten, wohl studieren könnte, doch es begannen mich Leben und Kultur der Native People, der Indianer, immer mehr zu interessieren, da ich nun einen persönlichen Bezug dazu bekam.

Ein Ruck riss mich aus meinen immer weiter ausufernden Überlegungen. Der Bus hielt. Es war noch viel zu früh für die Ankunft – mitten auf freier Strecke durch ein Waldgebiet - was war da vorne los? Alle Reisenden reckten neugierig ihre Köpfe, so dass mir selbst die Sicht versperrt war. Den Gesprächsfetzen und aufgeregten Ausrufen der anderen entnahm ich, dass es sich um einen Wildunfall handeln musste. Plötzlich ging ein entsetzter Aufschrei durch die Reihen. Jetzt drängte auch ich mich so weit vor, dass ich dank meiner Größe, wenigstens etwas von der Szenerie erhaschen konnte.

Der Bus wartete bei laufendem Motor. Dicht vor ihm, ein verletztes Hirschkalb, nicht in der Lage, sich aufzurichten. Auf der anderen Straßenseite das Muttertier, jetzt aber durch uns von ihrem Jungen getrennt. Zwischen den Bäumen diesseits, lauerte ein wartender Wolf. Dann ein zweiter. Sie schienen gewillt, ihre Beute gegen den fauchenden Bus zu verteidigen, als sie sich schließlich heraustrauten und am noch lebenden Hirschkalb zu zerren begannen, das kläglich nach seiner Mutter schrie. Gemeinsam schafften es die beiden Raubtiere schließlich, das Junge von der Straße weg zwischen die schützenden Bäume zu schleifen, wo man es nicht mehr ausmachen konnte.

Ich hörte, wie einer der Erwachsenen seinem klagenden Kind erklärte, dass dieses Raubtierpärchen wohl selbst Junge zu versorgen habe. In der Natur gebe es einen immerwährenden Kreislauf von Fressen und Gefressen werden. Das lärmige Plappern im Bus war einer bedrückenden Ruhe gewichen.

Erst lange danach, als der Mississippi River sowie die Skyline von Minneapolis auftauchten, und der Bus schließlich über das Campusgelände der Universität bis nach Saint Paul vordrang, begann es wieder lebhafter zu werden.

Auch ich hievte am Fahrtende meinen Rucksack aus dem Gepäcknetz und hielt an der Busstation Ausschau nach meinen Eltern. Es roch nach Stadt.

„Vitus, hallo!" Meine Mutter hüpfte, winkend und um Aufmerksamkeit heischend, in die Höhe, als habe sie Angst, von mir übersehen zu werden. Der Vater hielt sich, wie schon immer, ein wenig zurück. Doch auch ihm stand ein erfreutes Lächeln im Gesicht, das seine sonstige Schwere etwas milderte. Ich spürte eine Welle der Wärme in mir aufsteigen.

Das ist Liebe, fuhr es mir durch den Kopf. Ich war mir sicher, denn ich spürte sie. Schnell schnappte ich mir meine Mutter und drückte sie fest an mich.

„Mein Junge!", pustete sie, nach Luft schnappend.

Die Augen meines Vaters strahlten. „Lasst uns zu Starbucks gehen, da können wir wir erst mal einen Kaffee trinken und alles Weitere besprechen!"

Gesagt, getan. Bald saßen wir drei bei unseren Getränken am Tisch und planten unser Vorgehen.

Ich würde auf dem Campus als erstes um ein Gästezimmer für meine Eltern nachfragen. Selber hatte ich ja meine Studentenbude. So wäre es am bequemsten, da wir dann recht nah beieinander wären und die Dinge gemeinsam bereden konnten.

Zum Glück klappte die Reservierung problemlos, und so hatten wir noch Zeit, etwas bummeln zu gehen.

Am nächsten Tag erst war die Testamentseröffnung in der Stadt. Ich schaute noch auf den Fahrplan und versicherte mich einer günstigen Busverbindung. Das war für die Stadtmitte immer besser, als später händeringend nach einem Parkplatz zu suchen.

Auch konnten meine Eltern nun von der zweigeschossigen Washington Avenue Bridge, die die beiden Campus-Teile miteinander verbindet, zum ersten Mal einen Blick auf all die beeindruckenden Gebäude und den Mississippi River werfen.

Nun war ich doch wieder früher auf den Campus zurückgekehrt als gedacht. Mir fiel auf, wie weit ich mich innerlich bereits von dieser großen Stadt entfernt hatte. Ja, ich würde mich hier abmelden und mein neues Studium im kleineren Duluth aufnehmen. Dort, wo auch Kira und Urs studierten.

Der Bummel half mir, das notwendige Gespräch mit meinen Eltern noch einige Zeit aufzuschieben. Aber vorerst wollte ich mich nur auf den nächsten Tag konzentrieren, an dem Alruns Vermächtnis im Vordergrund stand. Alles andere würde ich danach klären.

In der Nacht wurde ich von Alpträumen über den Verlust des Grünlands geplagt. Der Zutritt zu Haus und Garten ward mir verweigert. „Nie, nie mehr!", erscholl es immerzu, bis ich im Morgengrauen schweißgebadet aufwachte – beinahe eine Erlösung.

Angst kroch in mir hoch. Was konnte ich tun, wenn genau dieses mir in einigen Stunden mitgeteilt würde? Ich hatte kein Geld und keine Berechtigung, mir diesen Grundbesitz anzueignen. So würden all meine kostbaren Erinnerungen einzig in mir drinnen überleben können. Eine große Wehmut überkam mich, der ich kaum etwas entgegenzusetzen hatte.

Es war noch früh, und so entschloss ich mich dazu, einige schnelle Bahnen im Schwimmbad zu ziehen. Die Bewegung tat mir, wie erwartet, gut. Im Wasser fühlte ich mich wohl, da gelang es mir am besten, meine Gedanken wieder neu zu sortieren.

Und tatsächlich wurde ich dadurch auch etwas von der Unruhe los, konnte mehr und mehr meine Mitte wiederfinden, so dass ich, als ich mich mit meinen Eltern traf, gerüstet schien.

Dann war es soweit. Wir saßen im Vorraum des Verwaltungsgebäudes.

„Herr Vitus Svenson, bitte!" Schon wurde ich aufgerufen und in das Amtszimmer geführt.

Währenddessen bedeutete man meinen Eltern, in einem Nebenraum zu warten.

Nachdem ich mich ausgewiesen und alle Formalitäten erledigt hatte, wurde, Alruns Wunsch gemäß, folgender Brief verlesen:

Mein lieber Vitus!

Du warst Deinem Großvater, der mein geliebter Vater war, auf ganz wunderbare Weise ähnlich. Schon wenn ich dich nur ansah, erkannte ich ihn in Dir, und auch in seinem Wesen schienst du ihm verblüffend nah zu sein. Wir beiden haben ja des Öfteren darüber gesprochen. Was das aber für Dich letztendlich bedeutet, das musst Du wohl erst noch selbst herausfinden. Ich hoffe sehr, dass unsere gemeinsam verbrachte Zeit Dir dabei helfen kann, dies klar zu erkennen.

Nun, da Du von diesem Brief erfährst, bin ich nicht mehr da, Dir eines persönlich mitzuteilen. Das Grünland, unser Grünland, darf nicht verloren gehen. Nicht für uns selbst, und nicht für unseren Stamm. Doch wer könnte besser dafür sorgen als du? Wer könnte es besser verstehen? Vitus, ich vertraue Dir, ich hoffe dabei auf Dich. Aus diesem Grund will ich es Dir nun anvertrauen, mit dem heutigen Tag überantworten. Es soll nun Dir gehören. Zur Unterstützung wird Urs an deiner Seite stehen, Dein Freund und Blutsbruder aus Kindertagen.

Denn Ihr seid nun keine Kinder mehr. Ihr tragt eine Verantwortung für unser Gemeinwesen, für das Überleben unserer Kultur und unserer Umwelt. Genau so dramatisch ist es. Das ist nicht übertrieben. Ich überlasse es ab heute Dir, Vito, dafür zu sorgen, dass etwas Gutes damit geschieht, auf dass es auch Euch zum Guten gereiche. Ich weiß, du machst es richtig. Der große Geist wird Dir und Deiner Familie beistehen und euch schützen. Lass mich stolz auf Dich sein.

Für immer

Deine Alrun

Hier ließ der Beamte das Papier sinken und sah mich über seine Brillengläser hinweg an. Nach einer kleinen Pause, in der er zusah, wie das alles in mich einsickerte, und ich langsam zu begreifen begann, was es für mich bedeutete, hub er wieder an, die weiteren verwaltungstechnischen Dinge abzuhandeln. Unterschriften hier und dort, nötige Erläuterungen und Stempel. Dann, sein Glückwunsch, ein Händeschütteln, und ich war wieder draußen, bevor ich wusste, wie mir geschah.

Ich fasste mich, streifte meine Benommenheit ab und wandte mich dem Raum zu, in dem meine Eltern warteten. Die hatten wohl auch noch nicht so schnell wieder mit mir gerechnet und vertraten sich etwas die Beine. Als ich mich daher suchend nach ihnen umschaute, entdeckte ich sie in einer Fensternische, wie sie hinausschauten und sich leise dabei unterhielten. Mein Vater hatte seinen Arm um die Schultern meiner Mutter gelegt und beugte sich just in diesem Moment, zu ihr hinunter, um ihr einen Kuss aufs Haar zu geben. Als er ihr zudem noch zärtlich über das Gesicht strich und sich ihr mit dem seinen näherte, zog ich mich schnell zurück, um diesen intimen Moment nicht zu stören.

Etwa eine Viertelstunde später aber ging ich dann direkt auf sie zu: „Kommt mit, wir suchen uns jetzt ein gemütliches Plätzchen und besprechen alles bei einem leckeren Lunch! Zur Feier des Tages lade jetzt ich Euch einmal ein! Ich habe euch noch so viel mitzuteilen."

„Was ist denn jetzt, was hat er gesagt? Vitus, du musst uns nachher alles ganz genau erzählen!"

„Ja, Vitus", meinte Vater, „deine Mutter hat sich die ganze Zeit über so bemüht, sich zurückzuhalten. Sie wollte dir deine Zeit lassen und dich nicht dauernd mit Fragen löchern." Er drückte seine Frau an sich.

„Das ist dir bestimmt nicht ganz leichtgefallen, Mom, ich weiß das zu schätzen!", zwinkerte ich ihr zu.

Es war ein gemütliches deutsches Lokal, in dem wir Zeit und Ruhe hatten, länger zu sitzen und uns auch zu unterhalten. Doch ich tat mich schwer, einen Anfang zu finden. Die Fragen meiner Eltern zur Testamentseröffnung hatte ich bereits beantwortet, mich aber meinen eigentlichen Themen noch kaum genähert. Ich merkte deutlich, wie ich immer nur reagierte, die Dinge aber nicht selbst anpackte. Schon waren wir bei der Nachspeise, und ich hatte meine Probleme noch nicht einmal auch nur angesprochen.

„Sag mal Vito – dir liegt doch etwas auf dem Herzen, was gibt es uns denn von deiner Seite noch zu sagen, von dem wir nichts wissen?" Mein Vater hatte mich durchschaut.

Auch meine Mutter sah mich schon seit einer ganzen Weile prüfend an. Es stimmte ja, nur hatte ich mich bisher nicht getraut, das heikle Thema „Kira" anzusprechen. Und auch mein gewünschter Studienfachwechsel war nicht leichter zu bereden. Ich entschied mich, mit letzterem anzufangen.

„Noch ein Wunsch? Darf s noch etwas Wein sein?" Der Kellner verhalf mir zu weiterem Aufschub. Versehentlich stieß er beim Abräumen der Teller mit einem der Messer ein Glas an, so dass das klingende Geräusch mich tief im Innern erreichte. Alrun, der Garten - Sofort spürte ich mich ruhiger werden. Mein ganzes System schien sich zu erinnern, ich brauchte gar nichts weiter zu tun, als mich darauf einzulassen.

Aber wie anfangen? Bis eben gerade noch hatte ich es nicht einmal ansatzweise gewusst, doch nun hörte ich auf zu zaudern und begann endlich:

„Tja, ich habe es euch ja bereits auf meiner Notiz mitgeteilt, die ich euch bei meiner Abreise auf den Tisch gelegt habe."

Der Kellner servierte das verlangte Mineralwasser. Es entstand eine Pause, während der er das perlende Nass einschenkte, in welchem sich die durchs Fenster einfallende Sonne spiegelte. Ich fühlte den plötzlichen Wunsch, selbst mit einzutauchen in dieses klare Nass.

„Ihr wisst, ich habe mich in diesem Fachbereich Ingenieurwissenschaften nie ganz wohl gefühlt."

„Aber du hast doch eine Menge gelernt", gab der Vater zu bedenken.

Die Mutter wandte ein: „Manchmal braucht es eben etwas länger, Hauptsache, du hast später eine berufliche Grundlage."

Die üblichen Argumente, die mich schon lange nicht mehr überzeugen konnten. Wie aber vermochte ich meine Beweggründe den Eltern nahe zu bringen?

„Ja natürlich habe ich einiges gelernt dabei, aber ich möchte nun doch etwas Anderes machen, das habe ich jetzt im Grünland und bei den Indianern noch einmal bestätigt gefunden. Etwas, das mich wirklich interessiert."

„Bei den Indianern? Du meinst, auf Alruns Land?"

„Ja, aber ich hatte es ja bereits vorher schon vor, wie ich euch auch schrieb. Doch da wusste ich noch nicht so genau, welches andere Fach ich wählen sollte. Ich war so unschlüssig. Endgültige Klarheit darüber habe ich erst dort gefunden."

„Aha! Und was wäre das?" Diese Frage kam beinahe synchron. Man hörte die Sorge der Eltern heraus.

„Na ja – ich denke an „American Indian Studies, da gibt es diverse Studiengänge und Kurse, Dad."

„Aber da hast du doch keine Arbeitsmöglichkeiten nachher, Junge!", platzte meine Mutter entsetzt heraus.

„Das stimmt so nicht, Mom, im Gegenteil!", berichtigte ich sie. „Ich habe mich da bereits informiert. Das ist zwar alles noch relativ neu, aber auf jeden Fall etwas mit viel Potential! Die Einstellung zu den Native People hat sich bei vielen schon geändert, auch wenn es immer noch nicht einfach ist für die Indigenen. Umso wichtiger sind solche Studien. Und dieses Thema interessiert mich wirklich, wisst ihr?! Allein schon wegen Urs und . . ."

„Und?" hakte mein Vater sofort nach.

Auch meine Mutter: „Noch was?"

„Ja, da gibt es tatsächlich noch etwas Neues, etwas ganz Wichtiges." Ich wappnete mich innerlich, da ich ihren Protest erwartete. Gleichzeitig spürte ich eine große Ruhe in mir aufsteigen, als ich an Kira dachte, und auch eine neue Festigkeit, die mich beinahe verblüffte.

Es vergingen zwei bis drei Stunden, bis ich meinen Eltern, nach vielen Unterbrechungen, zumindest das Wichtigste erzählt und sie vor allem davon überzeugt hatte, dass ich es ernst meinte.

Danach verließen wir das Lokal, da meine Eltern noch den Rückweg nach Hause antreten wollten. Sie waren mit dem Auto gekommen, mussten daher keine Rücksichten auf Fahrpläne nehmen, im Gegensatz zu mir.

Mein Bus zurück zum Reservat ging erst am nächsten Morgen in der Frühe. Ich musste jetzt jede Stunde nutzen, mich auf den Wettkampf vorzubereiten. Sonst wäre ich bald hoffnungslos im Nachteil. Mein Konkurrent würde sich freuen.

Nachdem ich, unter den Tränen der Mutter, meine Eltern verabschiedet hatte, machte ich mich noch auf zu einem kleinen Schmucklädchen in der Nähe. Ich hoffte, dort ein schönes Mitbringsel für Kira zu finden. Nichts schien mir passend oder gut genug. Schließlich fand ich doch noch ein Lederarmbändchen mit einem kleinen, hübschen An-hänger. Ja, das sollte es sein, es würde ihr sicher auch ge-fallen. Ich kaufte es, obwohl es mein schmales Budget stark einschmolz. Doch meine Eltern hatten sich bei der Abreise großzügig gezeigt, wenngleich sie eher andere

Vorstellungen über die Verwendung dieses Geldes hegten. Überhaupt waren sie nicht gerade glücklich über die Entwicklungen in meinem Leben.

"Eine Indigene? Das geht alles so schnell, du warst doch gerade erst noch mit Elena . . ."

Und dabei hatte ich die mögliche Schwangerschaft Kiras und deren Ursache vorerst noch völlig ausgespart. Warum sollte ich meine Eltern damit belasten, wenn es noch nicht einmal sicher war, dass das Verbrechen Folgen hatte? Tief in mir drinnen wusste ich zwar, das es nicht so ganz in Ordnung war, aber ich schob meine Bedenken, wenn auch etwas schuldbewusst, an die Seite. Wie sollte ich unabhängig, geschweige denn erwachsen werden, wenn ich alles und jedes immerzu vom Urteil meiner Eltern abhängig machte? Auch wollte ich mir nicht weiterhin in alles dreinreden lassen, sondern meine eigenen Entscheidungen treffen!

Oder fürchtete ich etwa auch ihre Argumente?

Nein! Ich stand zu meiner Entscheidung, wirklich! Aber vor allem wollte ich Kira. Alles, alles in mir sehnte sich nach ihr! Dieses Gefühl wuchs immerzu und füllte mich inzwischen fast ganz aus, ich hatte gar keine Wahl, als mich ihm hinzugeben. Es machte mich einfach glücklich, an Kira zu denken.

Alles drängte mich nun zu ihr zurück. Sehnsüchtig zählte ich in der Nacht die Stunden bis zur Abfahrt meines Busses.

Kapitel 6

Irgendetwas war anders, ich wusste nur noch nicht, was es war.

Alruns Haus lag friedlich in der Mittagssonne. Nichts deutete auf etwas Außergewöhnliches hin. Und doch spürte ich ein leises Unbehagen in der Magengegend. Ich war gerade erst mit dem Bus zurückgekommen, hatte den letzten Teil des Weges wie immer per pedes genommen. Nun stellte ich meinen Rucksack etwas versteckt seitlich ins Grün.

Dann näherte ich mich vorsichtig dem Haus. Das Gras dämpfte meine Schritte, so dass ich geräuschlos bis zu einem der Fenster vordringen konnte. Als ich einen Blick hinein riskierte, sah ich zu meinem Befremden Crow drinnen stehen, zusammen mit einem mir unbekannten Indianer. Beide hatten sich über eine, auf dem Tisch ausgebreitete Karte gebeugt. Was tüftelten die da bloß aus? Wieso waren sie überhaupt in diesem Haus? Sie hatten sich unbefugterweise Zutritt verschafft. Fragte sich nur, was sie vorhatten. Und wozu das Ganze?

Nach Crows ablehnender Reaktion mir gegenüber, zumindest was die Beziehung zu Kira betraf, konnte ich diesem Konkurrenten nicht mehr unbefangen begegnen. Und wenn ich ehrlich war, traute ich ihm auch durchaus eine Gemeinheit zu.

Hatte Urs nicht gesagt, dass ich im Kampf mit allem rechnen müsse, auch mit List und Tücke?

Also was nun, sollte ich sie stellen, oder mich besser zu-
rückziehen? Immerhin waren sie zu zweit!

Ich entschloss mich, mich zunächst zurückzuhalten, bis
ich mehr Informationen hatte. Zuerst würde ich die beiden
hier beobachten und schauen, was sie machten. Bevor ich
das nicht wusste, würden sie alles abstreiten können, und
ich wäre keinen Schritt weiter.

Das alles ging mir jetzt durch den Kopf, während ich an
der Hauswand klebte und versuchte, etwas von ihrem,
durch die Fensterscheiben gedämpften Gespräch, aufzu-
schnappen. Zu dumm, dass ich ihren Stammesdialekt
nicht verstand. Da fiel mir plötzlich etwas auf. Zuerst war
ich unsicher, aber es stimmte - die beiden hörten sich un-
terschiedlich an. Ich hatte mich bereits etwas in die Sprache einhören können, jedenfalls so, dass mir auffiel, wenn
jemand einen etwas anderen Dialekt sprach. Er war also
keiner der Unsrigen. Ich bemerkte, dass ich mich dem
Stamm nun schon zugehörig fühlte. Doch was tüftelte
Crow aus, ging es dabei überhaupt um mich? - Was
konnte es sonst sein, außer . . außer Alrun natürlich? Es
musste irgendetwas mit ihrem Haus und Land zu tun haben. Und das gehörte jetzt mir! Ich zuckte zurück, als die
Männer drinnen die Karte zusammenpackten und ihre Blicke hoben. Höchste Zeit, sich zurückzuziehen, wenn ich
nicht entdeckt werden wollte. Schnell verschwand ich
hinter der Hausecke, denn schon öffnete sich die Tür. Leider hatte ich nicht so schnell mitbekommen, wo sie die
Karte deponierten.

Vor der Türe trennten sich die zwei. Mir fiel auf, dass der
Fremde leicht hinkte, als er den Weg nahm, auf dem ich
soeben erst angekommen war.

Crow blieb noch kurz stehen und schaute ihm hinterher, bevor er selbst den Pfad in der Nähe des Grünlands einschlug, der zur Siedlung des Reservats führte. Bald darauf war auch er verschwunden.

Ich wartete sicherheitshalber noch einen kleinen Moment ab, bevor ich meinen Rucksack holte und danach das Häuschen betrat. Der grobe Holztisch gähnte mich nunmehr leer an. Nach Hinweisen suchend, wanderte mein Blick umher. Auch auf dem Kaminsims war alles leergeräumt, außer einer, bis auf einen Rest abgebrannten Kerze. Der einhängbare, gusseiserne Kochtopf barg ebenfalls keine Geheimnisse, Alruns Sessel . . . auf den ersten Blick nichts zu entdecken, ich wandte mich dem Nebenraum zu. Ihr Bett schien unberührt, so wie auch mein Nachtlager, über das ich letztens noch achtlos die Decke geworfen, während Urs den Rest seiner kurzen Nacht auf der blanken Sitzbank im Wohnraum verbracht hatte. Jetzt fiel mein Blick auf den Schreibtisch am Fenster, und ich trat neugierig näher. Gab es vielleicht doch noch ein Geheimnis zu entdecken? An der Ecke der Laptop-Unterlage, blitzte es verräterisch. Ein Zipfel Papier lugte dort neugierig unter der Platte hervor. Vorsichtig hob ich sie an und zog das Teil heraus. Jepp! Es musste tatsächlich der Plan sein, den die Indianer eben noch so eifrig studiert hatten. Sofort nahm ich ihn und breitete ihn auf dem Bett aus.

Ich brauchte einige Zeit, mich zu orientieren. Es war keine der üblichen Karten, sondern eine von Hand kolorierte Skizze. Ich konnte Alruns Land und das angrenzende Reservat ausmachen, auf dem verschiedene Markierungen eingetragen waren. Was hatte das alles zu bedeuten? Es sah beinahe wie eine Schatzkarte aus. Ich schüttelte den

Kopf, aber vielleicht wusste Urs ja mehr darüber. Ich faltete die Karte sorgfältig zusammen und steckte sie in die Seitentasche meines Rucksacks. Dann verschloss ich das Haus und machte mich auf den Weg ins Reservat, den ich inzwischen kannte, gespannt darauf, ob ich dort Urs und evtl. auch Crow antreffen würde.

Das Dorf lag verschlafen da. Nach den Aktivitäten und Feiern der vergangenen Tage war nun wieder Ruhe eingekehrt, und der Alltag nahm seinen Gang. Nur einige Halbwüchsige machten sich einen Spaß daraus, drapierte Vogel-Attrappen, mit gezielten Steinwürfen von einem Baum herunterzuholen. Die brüchigen Stimmen der Jungen, die ihnen gerade dann wegkippten, wenn sie in Jubel ausbrechen wollten – vereinzelte Rufe der Frauen, die sich miteinander verständigten, während sie die Häute erlegter Tiere abschabten – alles machte auf den ersten Blick einen friedlichen Eindruck.

Kira war leider nicht zu sehen und Urs nicht in seinem Zelt. Auf meine Nachfrage hin, bedeutete man mir, er sei zu seinem Siedlungshaus gegangen, das er sich mit zwei Jüngeren teilte. Ich ließ mir den Weg erklären und machte mich zu ihm auf. Jetzt konnte ich sehen, dass an der Schotterstraße dort zum Glück auch eine einfache Stromleitung gespannt war. Vielleicht arbeitete Urs gerade am Computer und bereitete etwas für sein Studium oder für seine Exkursionen vor. Ohne den „Saft" würde er das ja sonst nur an der Uni tun können.

Am Eingang war ein Geländewagen abgestellt. Ich blieb vor dem kleinen Häuschen stehen und klopfte vernehmlich an die Verandatür: „Urs, bist du da?" Noch einmal schlug ich an das Holz. Dann hörte ich leichte Schritte die Treppe hinunterkommen, kurz darauf öffnete sich die Tür, und Kira stand vor mir. Mir verschlug es den Atem. „Ich wusste ja nicht . . ."

„Nein . . ." antwortete sie. „Ich auch nicht."

Mir klopfte das Herz wie eine Trommel. Noch immer standen wir stocksteif voreinander und schauten uns nur an. Bevor ich reagieren konnte, kam plötzlich Urs durch eine Türe im Hintergrund in den Vorraum. Sofort erfasste er die Situation und rief mich zu sich.

„Entschuldige, Kira!", murmelte ich und ging an ihr vorbei zu meinem Bruder hinüber, der mich allein ins anliegende Zimmer schob und die Tür von außen hinter mir schloss.

Ich hörte, wie die beiden miteinander tuschelten, konnte ihre Worte jedoch nicht verstehen. Dann kam Urs auch schon zu mir zurück.

„Du weißt ja, das Kontaktverbot!", meinte er nur, ohne weitere Erklärungen abzugeben.

Ich nickte betrübt.

Dann fiel mir mein Geschenk ein. Sofort kramte ich es aus meinem Rucksack hervor: „Gibst du das Kira, bitte?! Ist sie noch hier?"

„Nein. Ich hab sie weggeschickt." Er musste die Enttäuschung auf meinem Gesicht bemerkt haben. „Keine

Sorge, ich sehe sie später noch und werde es ihr geben. Natürlich!" Er lächelte mich an. „Aber nun sag, bei dir alles gut gelaufen? Hatte dich so früh noch gar nicht zurückerwartet." Er wandte sich dem Tisch zu: „Komm, setz dich her zu mir auf die Bank! Dann erzählst du mir erst einmal, was du erlebt hast!"

„Ja richtig, wir haben eine Menge zu bereden, Urs! Und da wäre auch *noch* etwas!" Bei diesen Worten zog ich den erbeuteten Plan aus meinem Rucksack und fing an zu berichten, es sprudelte nur so aus mir heraus. Zunächst von Alruns Vermächtnis und meinen Eltern, denen ich den geplanten Studienwechsel und die Geschichte von Kira mitgeteilt hatte, auch was ich ausließ zu erzählen – zum Schluss sogar vom Wildunfall, den die Wölfe geschickt für sich nutzten, und wie das alle Reisenden bedrückt hatte. Kurzum: Ich redete mir mal alles von der Seele, auch das, womit ich meine Eltern nicht belasten wollte. Es war so gut, jemanden zu haben, der dies als „Unbeteiligter" auch aushielt und zuhören konnte.

Als ich ihm von seinem Stammeskollegen Crow und dem anderen Indianer sprach, sowie dem Plan, und wo ich ihn gefunden, runzelte er nachdenklich die Stirn. Er schien etwas besorgt, denn nach kurzer Überlegung befahl er mir: „Bleib hier im Haus bis ich zurück bin! Am besten, du lässt dich gar nicht erst draußen blicken! Später sehen wir weiter!"

„Was hast du vor, Urs?"

Er antwortete nicht auf meine Frage. Stattdessen nahm er mein Geschenk für Kira, hob es hoch wie zum Gruß und ging damit aus dem Haus.

Also würde er auch Kira treffen und ihr mein Geschenk geben und über meine Gefühle für sie erzählen können. Ich sah ihr Gesicht noch deutlich vor mir, dort an der Eingangstüre eben. Wie nah wir uns waren, es hätte nicht viel gefehlt, und wir wären uns einfach um den Hals gefallen. Die Atmosphäre war sowas von dicht . . !

Ich darf mich jetzt nicht in Träumereien verlieren! Besser sehe ich mich hier im Haus mal etwas um! Langsam ging ich durch die wenigen Zimmer, von denen zwei den Mitbewohnern zuzuordnen waren. Ein recht zweckmäßig und spartanisch eingerichtetes Wohnen, ohne großartige Dekoration. Nur in einem der Räume lag ein beeindruckendes Bärenfell auf den Holzdielen vor dem Bett. Das musste Urs´ Zimmer sein. Ein Stich fuhr mir durch den Unterbauch. War nicht Kira eben noch die Treppe heruntergekommen? Zumindest hatte es sich so angehört. Benommen starrte ich auf das breite Bett. N-nein, das . . . „Jetzt reiß dich mal zusammen, Vito!", schimpfte ich mit mir selbst. Dann wandte ich mich zu dem Waschbecken an der Wand, drehte den Hahn auf und schaufelte mir von dem laufenden Wasser ins Gesicht, die aufkeimende Eifersucht aus meinem Kopf und in den Abfluss zu spülen. Erleichtert ging ich wieder hinunter.

Auf einem kleinen Nebentisch im Wohnraum stand der Laptop mit einem Stapel an Papieren. Dass es Urs` Arbeitsplatz war, sah ich an den Ausarbeitungen zu diversen Exkursionen, von denen er mir bereits berichtet hatte. Ich ließ mich auf dem Stuhl nieder und begann interessiert zu blättern. Bald hatte ich mich ganz darin vertieft.

Auf meine Eröffnung, Alrun habe mir Haus und Land vermacht, hatte Urs bestätigend genickt, „Ja, das hatte sie immer tun wollen!".

Ich erzählte ihm von meinen vorherigen Verlustängsten, und wie leid es mir tue, sie nicht häufiger besucht zu haben.

Er meinte dazu nur: „Und was hast du nun damit vor? Wirst du es in ihrem Sinne nutzen?"

Darauf wusste ich nichts zu antworten als: „Ja, das habe ich wohl vor, weiß nur noch nicht, wie!"

Er wiegte sinnend seinen Kopf, sagte aber nichts.

Während ich nun die Papiere sichtete, kam ich auf ganz neue Ideen dazu, wie das Land laut Alruns Vermächtnis zu nutzen sein mochte. Die neuen Studienfächer könnten unterstützend gut dazu passen. Ich wurde plötzlich ganz kribbelig vor lauter Ideen. Und das alles zusammen mit Urs und mit Kira! Das wäre fantastisch! Ich sprang auf und durchmaß den Raum mit aufgeregten Schritten. Wir mussten uns so schnell wie möglich darüber austauschen! Mein Plan wäre auch in ihrem Sinne, da war ich mir beinahe sicher.

Aber da gab es ja noch den Wettkampf! Ich stockte in meiner soeben gefühlten Begeisterung. Was, wenn Crow dabei besser abschnitt? Wieder nagten die Zweifel an mir.

Ich hatte noch so viel zu tun!

Suchend sah ich mich nach einem Stück Holz und einem Schnitzmesser um. Ich würde die Zeit nutzen und ein Spielzeug anfertigen! Zum Glück wurde ich im Kaminkorb fündig. Zuerst nahm ich das natürliche Holzstück, drehte und wendete es, suchte seine innewohnende Schönheit und Gestalt zu erfassen. Dabei dachte ich auch an das Kind, welches ich vielleicht einmal mit Kira gemeinsam aufziehen würde. Kira und ich. Gemeinsam. Dann sah ich mit liebenden Augen auf das Kleine. Suchte, mit seinen Augen auf das Holz zu sehen. Und richtig! Es nahm langsam, doch tatsächlich, eine Gestalt an.

Meine Hände streichelten sie mit dem Messer mehr und mehr heraus aus dem groben Stück. Es wurde ein kleiner Hund.

Sorgfältig achtete ich darauf, dass es nichts an ihm gab, was abbrechen oder verschluckt werden konnte. Augen, Nase und die übrigen Kennzeichen und Texturen würde ich später noch einbrennen und damit alles verschönern.

Solcherart Fertigkeiten hatte ich mir bereits früher schon angeeignet, eine Geschicklichkeit in handwerklichen Dingen war mir nicht abzusprechen. Das hatte mein Vater ganz gut erkannt, es war als Grundlage für ein Ingenieurstudium nicht schlecht geeignet.

Zufrieden betrachtete ich mein Werk. Und mit ihm die Ruhe, die es mir vermittelte. Urs hatte recht. Gute Gedanken brachten auch gute Energien mit hinein.

Ich stand auf und machte einige Übungen, meine Muskeln zuerst zu lockern, dann zu trainieren. Dazu würde auch das Schwimmen im See beitragen können.

Bedächtig suchte ich die Muskelbewegungen nun auch im Geiste nachzuvollziehen, was den Effekt deutlich steigern sollte.

Anschließend begann ich, mir wiederum die Tricks von Urs in Erinnerung zu rufen. Ich stellte mir jede einzelne Bewegung, und wie sie auszuführen war, bildlich vor Augen. Zugleich vergegenwärtigte ich mir das Gefühl, welches mich dabei erfüllt hatte, als ich es tat. Wenn ich diese Übung öfter wiederholte, konnten sich die Abläufe so einprägen, dass es mir später leichter fallen würde, sie wieder abzurufen.

Ja, ich nutzte meine Zeit!

Als Urs nach etwa drei Stunden zurückkam, empfing ich ihn lächelnd, als sei er nur mal ganz kurz draußen gewesen. Doch konnte ich es mir nicht verkneifen, mich ein wenig lustig zu machen.

„Hey, alter Junge. Wohl auch nicht mehr der Schnellste, wie?"

Statt einer Antwort, suchte er, mich durch einen überraschenden Rempler von der Seite aus dem Gleichgewicht zu bringen. Überrascht musste er feststellen, dass ihm das nicht gelang.

„Es scheinen tatsächlich neue Zeiten angebrochen", ächzte er und hob einsichtig seine Hände.

Doch dann konnte ich nicht länger an mich halten. „Aber nun sag, sag´s endlich, Urs! Hat sie sich gefreut?", bestürmte ich ihn. Er lächelte mir belustigt zu.

„Na ja", meinte er gedehnt, „ich glaube, sie mag dich auch ein kleines bisschen."

Urs und ich waren zurück zu Alruns Haus gegangen – ja, wir benannten es auch weiterhin nach ihr. Dort wollten wir uns ganz in Ruhe und ohne fremde Augen und Ohren weiter austauschen. Diesmal saßen wir gemeinsam am Esstisch, auf dem die Karte ausgebreitet lag. Zuvor aber suchten wir rund ums Haus noch einmal alles nach ungebetenen Besuchern ab. Anschließend präparierten wir den umlaufenden Grasstreifen unauffällig mit heil gebliebenen getrockneten Nussschalenhälften, von denen Urs in weiser Voraussicht einen ganzen Beutel voll mitgebracht hatte. Auch in unserer Abwesenheit, konnte somit niemand bis dicht ans Haus herantreten, ohne sich zu verraten, denn er würde diese unweigerlich, wenn nicht in den Boden eintreten, dann sogar ganz zertreten.

„Sag mal, du bist wohl für alles gerüstet, was?", fragte ich ihn verwundert.

„Bastelzubehör für diverse Kleinigkeiten, ein wenig Einfallsreichtum kann nicht schaden – wir sollten wirklich vorsichtig sein, Alrun hatte schon Schwierigkeiten genug in Hinsicht auf den Plan."

„Wie – Alrun wusste darüber Bescheid? Was hat es denn damit auf sich und welche Schwierigkeiten? Los, rück schon heraus mit der Sprache und erzähl mir jetzt endlich alles darüber!"

Mein Bruder nickte bereitwillig mit dem Kopf. „Ja Vito, das musst du natürlich auch erfahren, denn jetzt gehört es ja dir!"

Er erhob sich und durchmaß den kleinen Raum mit unruhigen Schritten. So kannte ich ihn gar nicht. Immer, wenn er das Fenster passierte, neigte er seinen Kopf gegen die Scheibe und spähte hinaus. Danach ging es weiter, eins, zwei, drei hin, eins, zwei, drei zurück. Verwundert beobachtete ich, wie er, für mich ganz ungewohnt, nach Worten suchte, bevor er sich wieder an den Tisch setzte und mir eindringlich in die Augen schaute.

„Vito, du bist mein Bruder - und unser Volk braucht deine Unterstützung!"

„Was, was ist denn los?" Ich rutschte unbehaglich auf meinem Stuhl hin und her. „Spann mich jetzt nicht auf die Folter, hey!"

„Das Land hier", er machte eine bedeutsame Pause und senkte seine Stimme, „das Land enthält einen Schatz, der für manche, insbesondere für Weiße, so interessant ist, dass sie wohl keine Rücksichten auf die Indianer zu nehmen bereit wären. Doch für uns ist er heilig. Und darum ist es so besonders wichtig, dass dieser Besitz nicht in falsche Hände gerät, denn damit wäre auch das Reservat in ernsthafter Gefahr."

Urs schien einigermaßen mut- und ratlos. So hatte ich ihn bisher noch nicht gesehen.

„Und was befürchtest du jetzt? Was könnte das auch mit Crow zu tun haben?" Nur langsam dämmerte es mir, dass mein Umgang mit diesem neuen Erbe auch eine Schicksalsfrage für den Stamm zu sein schien. Waren die Eintragungen auf dem Plan etwa die festgestellten Fundstellen dieser Schätze? „Du hast noch gar nicht gesagt, um was für einen Schatz es sich denn hier handelt!" Als keine Antwort kam: „So wertvoll?"

„Nun ja", Urs zögerte. „Es soll ein großes Eisenerzflöz hier vorhanden sein, genauer gesagt, Eisenoxid-Magnetite, die an bestimmten Stellen sogar bis an die Oberfläche treten. Und Crow", Urs hielt inne, „Crow scheint das geheime Wissen darüber verraten zu wollen." Urs stieß einen ärgerlichen Zischlaut aus. „Er scheint sich einen persönlichen Vorteil davon zu versprechen – und wie so oft schon, denkt er dabei viel zu kurz, wie mir scheint."

„Ja, er muss irgendetwas planen, was er sogar vor seinen Stammesbrüdern geheimhält", überlegte ich laut. „Wie ich dir schon sagte, traf er sich hier mit einem fremden Indianer. Und sie saßen genau wie wir jetzt hier an diesem Tisch vor ebendiesem Plan. Wollen doch mal genauer hinschauen, was denn darauf zu finden ist!"

„Ich kenne den Plan." Urs sagte es so leichthin, dass ich es beinahe überhört hätte.

„Was?" Ich konnte es nicht fassen. „Sag das noch mal! Ich mach` mir hier den Kopf, und du weißt schon alles?" Allmählich kam ich mir doch echt auf den Arm genommen vor.

Nun sprang ich auf und wir tauschten die Rollen. Während jetzt ich es war, der auf- und abging, setzte Urs sich an den Tisch. „Schau her, hier sind wir jetzt, dort ist das Grünland. Und dies alles" – er fuhr mit der Hand über eine große Fläche – „das ist das Reservat. Und hier, hier und hier sind Orte eingezeichnet, die eine besondere Bedeutung haben, es sind Heilige Orte für uns! Du weißt es selbst aus eigener Erfahrung, denn du hast sie teilweise bei deiner Initiation kennengelernt! Sie haben eine geradezu magische Wirkung.

Das Grünland bildet sozusagen den direkten Zugang dazu. Und nur dem Umstand, dass es deinem Großvater und später Alrun gehörte, ist es zu verdanken, dass dort nicht sofort in großem Stil, wie an vielen anderen Stellen bereits jetzt schon, auch abgebaut wird. Das Wissen um diesen Bodenschatz wurde von ihnen glücklicherweise bisher geheimgehalten. Doch nun gerät unser ganzes Reservat in Gefahr, falls du . . .“, er hielt inne.

„Aber du glaubst doch nicht . . .“ Nun schwieg auch ich, und eine bedrückende Stille legte sich auf uns.

Urs, heute ganz nach Weißenart in Jeans und kariertem Hemd, nestelte gedankenverloren an seiner ledernen Halskette, an der sich einige kleine Holzperlen und ein schwarzer, verknoteter Schmuckstein befanden. Während ich meinen Freund und Bruder nun so betrachtete, durchfuhr mich ein großes Gefühl der Dankbarkeit ihm gegenüber, so dass ich ganz impulsiv seine andere, noch auf dem Tisch liegende Hand ergriff. Stumm sahen wir uns an, es war jetzt nicht die Zeit der großen Worte.

Wie auf ein geheimes Kommando standen wir gleichzeitig auf und machten uns auf den Weg.

„Zum See?“

Urs nickte: „Ist nicht mehr lang hin bis zum Wettkampf.“

„Ja!"

Tiefdunkel lag die Wasserfläche des riesigen Sees vor uns. Am Uferrand spiegelte er die erste Reihe der Fichten und Weimutskiefern, die einander mit den Laubbäumen an Größe zu übertrumpfen suchten, so dass dadurch das Land diesseits völlig im Schatten lag, während an der gegenüberliegenden Seite, die gerade noch erkennbar war, jede Einzelheit durch die Sonne klar hervorgehoben schien. Nach links hin verbreiterte sich der See noch um ein Vielfaches, so dass er beinahe wie ein Meer erschien mit regelrechtem Wellengang. Dort hinaus und dann die Ufer entlang fuhren die Indianer mit ihren Booten zum Fischen und auch zur Wasserreisernte, wenn es an der Zeit war.

Jetzt schob Urs eines der aufs Ufer gezogenen Kanus ins Wasser, legte Hemd und Jeans ab und bedeutete mir, es ihm gleich zu tun: „Los, schnapp dir auch ein Paddel, wir fahren zum Fischen ein Stück hinaus!"

Das ließ ich mir nicht zweimal sagen. Schnell entkleidete ich mich bis auf die Shorts und sprang ins Boot. Wir legten unsere Kleidung seitlich mit hinein, wo auch zwei Speere bereitlagen, davon einer mit einer Halteschnur versehen. Von außen, an der Bordwand des Kanus angebracht, hing bereits ein Korb bis ins Wasser hinein. Wahrscheinlich für den Fang, erklärte ich mir. Angel oder Netz aber suchte ich vergeblich. Da begriff ich: „Wir sollen doch wohl nicht mit den Speeren auf die Fische . . .?"

„Ja richtig, und dazu musst du dich hinstellen!"

„Was?", entfuhr es mir ungläubig.

„Hast ja wohl keine Angst? Bist doch ein sehr guter Schwimmer, wie ich von Alrun hörte. Also jetzt ist die Zeit, es zu beweisen! Wir üben erst mal das Balancieren!"

Ich fühlte mich sofort herausgefordert und wollte ihm jetzt einmal so richtig zeigen, was für ein toller Hecht ich war, ha, ha, ha. Nachdem ich an diesem Nachmittag wohl gefühlte hundert Mal ins doch recht bewegte Wasser gefallen, aber auch einige richtig große Fische erlegt hatte, fuhren wir zum Ufer zurück; und dies, zumindest bei mir, mit stolz geschwellter Brust und einem seligen Lächeln im Gesicht.

Einige der Frauen freuten sich und bereiteten den erklecklichen Fang für die nächste Mahlzeit vor.

Aus den Augenwinkeln sah ich plötzlich Crow auftauchen. Als er uns bemerkte und den tollen Fang erblickte, trat er ärgerlich nach einem der Hühner, das ihm leichtfertigerweise vor die Füße gelaufen war, so dass es, sich in der Luft fangend und flügelschlagend, mit lautem Gegacker davonstob.

Dann schwang er sich auf eines der Krads und fuhr mit aufbrüllendem Motor davon.

„Na, der hat ja eine Wut auf dich, Vito. Er gönnt dir dein Glück bei den Frauen nicht, scheint mir", meinte Urs gleichmütig.

Bei seinen Worten ging mir mein Herz auf.

„Doch unterschätze ihn nicht! Er beherrscht alle Fertigkeiten, die für den Wettkampf eingefordert werden", fügte Urs hinzu.

„Was, was mache ich, wenn er mich besiegt? Das darf auf keinen Fall . . . Auf keinen Fall darf das passieren! Wenn ich mir vorstelle . . ."

„Nein!" Urs zog an meinem Hemd. „Hör auf, dich mit diesen destruktiven Gedanken zu beschäftigen."

„Ja, aber es ist doch eine reale Gefahr! Ich kann doch nicht so tun, als ob sie nicht existiert!"

„Natürlich nicht, mein Freund! Registriere sie – nimm sie ernst – und gehe mit ihr um, indem du dich auf deine Kräfte und ein gutes Ergebnis konzentrierst! Gib deine Energie niemals hinein in eine destruktive Seite, damit stärkst du diese nur und schwächst dich damit selbst!"

„Du hast ja recht, Urs. Für einen Moment hab ich´s wieder vergessen. Das geht so schnell."

„Komm mit! Damit du auf andere Gedanken kommst, werde ich dir jetzt einmal die Pflanzen und Früchte des Waldes zeigen – die hast du ja auch noch zu sammeln, Vito!"

„Na gut, dann auf in die Botanik!" Begierig wie ein Schwamm nahm ich auch an diesem Tage alle neuen Erkenntnisse freudig in mich auf. Ich hatte das Gefühl, innerhalb der letzten Tage und Wochen mindestens ebenso viel gelernt zu haben wie an der Universität. Doch das war auch nötig, denn der große Tag nahte bedenklich schnell.

Bevor es jedoch so weit kommen konnte, hatte ich noch eine unerwartete Hürde zu bewältigen.

Crow musste endlich etwas gefunden haben, womit er mich möglicherweise aus dem sprichwörtlichen Sattel heben konnte. Doch als Urs und ich am Ende dieses Tages zum Häuptling gerufen wurden, ahnten wir noch nichts davon.

Als wir das Zelt des Häuptlings betraten, lud er uns mit einer Handbewegung ein, uns zu setzen. Seiner Miene war nichts zu entnehmen, und ich konnte mir beim besten Willen nicht vorstellen, um was es sich handeln könnte bei diesem Gespräch. Auch Urs war ahnungslos, doch schaute er einigermaßen besorgt auf das Stammesoberhaupt.

„Meine jungen Freunde", begann der Alte bedächtig zu reden. Danach legte er eine lange Pause ein, als fiele es ihm schwer, in Worte zu fassen, was er uns da nun mitzuteilen hatte. Ich warf Urs einen Blick zu, aber an seiner Miene konnte ich auch nicht viel ablesen. Doch plötzlich verspannte sich sein Unterkiefer, so dass es schien, als kaue er auf etwas herum. Sofort wurde mir unbehaglich zumute. Irgendetwas lief hier ganz und gar nicht rund. Ich konnte mich gerade noch zurückhalten, den Häuptling anzusprechen, bevor er von sich aus das Wort ergriff.

„Ihr müsst wissen, dass nicht jedes Mitglied unseres Stammes gut auf die Weißen zu sprechen ist. Manche haben in der Vergangenheit und auch heute noch immer wieder schlechte Behandlungen und Nachteile durch sie erfahren. Das bringt böses Blut und Rachegelüste mit sich.

Dabei wird nicht unbedingt unterschieden zwischen verdient oder unverdient."

Mir schwirrte der Kopf. Um wen ging es hier, war es Crow? Und was hatte ich zu befürchten, dass selbst der Häuptling nichts dagegen tun konnte? „Bitte lass es nicht um Kira gehen!", betete ich inbrünstig.

„Es gibt etwas, das wir bei unserer Entscheidung bezüglich Chiara nicht bedacht haben, oder besser gesagt, in diesem Falle ganz bewusst außer Acht ließen."

Als er mein verständnisloses Gesicht sah, erklärte er:

„Das Kind wird nur dann als Angehöriger unseres Stammes anerkannt, wenn der Vater – es geht nur um den Vater - auch Anishinaabe ist."

Ich zuckte zusammen, und auch Urs war anscheinend ziemlich erregt, denn er atmete heftig ein und aus.

„Crow!", stieß er grimmig zwischen den Zähnen hervor.

Der Häuptling hob beschwichtigend beide Hände. „Du weißt, er ist im Recht, Urs!"

Mein Bruder biss sich auf die Lippen, so dass sie anfingen zu bluten. „Wir müssen nach einer anderen Möglichkeit suchen!"

„Das habe ich bereits getan! – Nun kommt es einzig darauf an, was unser junger Freund hier dazu zu sagen hat." Der Häuptling schwieg, während wir ihn gespannt mit unseren Blicken verfolgten.

„Alles, ich würde alles . . .“ setzte ich an, doch er unterbrach mich und mahnte: „So höre jetzt und überlege gut, bevor du dich entscheidest!“ Er begann, im Zelt auf und ab zu gehen. Anscheinend bewegte ihn das Thema ebenfalls.

„Es müssen die Stammesmitglieder, in Abstimmung miteinander, einverstanden sein, dich auf deinen Wunsch hin in unseren Stamm aufzunehmen. Nur dann, wenn der Kindsvater Anishinabek ist, wird dieses nach altem Recht auch in den Stamm aufgenommen und seinen Schutz erfahren. Also werden wir, wenn du uns darum bittest, nach dem Wettkampf über deine Aufnahme beraten und abstimmen. Dabei wird das Ergebnis des Kampfes eine nicht unerhebliche Rolle spielen, wie du dir denken kannst. Allerdings gibt es ja auch noch andere Möglichkeiten, die Stammesbrüder von deiner Eignung und guten Gesinnung zu überzeugen, Vitus! Du hast doch mit deiner Kultur sicher auch Nützliches oder Vorteilhaftes zu bieten, das du mit in die Waagschale werfen könntest.“

Ich starrte den Häuptling verblüfft an. Er verabschiedete uns mit den Worten:

„Ich wünsche euch viel Erfolg!“

Auf Urs Wink hin erhob ich mich und verließ mit ihm das Zelt.

Kapitel 7

Nur noch 3 Tage bis zum Wettkampf.

Es hatten sich neben Crow und mir noch zwei weitere junge Männer gemeldet. Man einigte sich auf die Bedingung, dass alle Teilnehmer schon im Vorfeld, d. h. vom heutigen Tage an, jeweils einen der bereitgestellten Körbe mit selbstgesammelten Beeren, Wurzeln, Pilzen, Kräutern etc., also den Früchten des Waldes, zu füllen hatten.

Außerdem sollten sie mindestens einen großen, oder zwei kleinere Fische mit dem Speer erbeuten, sowie einen jungen Hirschen oder Elch mit Pfeil und Bogen erlegen. Diese würden dann von den Frauen zubereitet werden, um das Festmahl nach dem Kampf damit zu bestücken. Einige Stücke wurden dazu in eine Räucherkammer gehängt, die anderen sollten später gegrillt werden.

Die Hilfe bei der Wasserreisernte wurde für den Zeitpunkt eingefordert, für den der Reishäuptling und Reisrat, der aus älteren erfahrenen Männern bestand, den Erntebeginn festlegte. Der wilde Wasserreis kann nur wenige Tage im Jahr geerntet werden. Der Zeitpunkt ist vom Reifegrad abhängig, und die Ernten werden passend eingeholt, um nicht durch vorzeitiges Befahren beschädigt zu werden. Auch sollte sich hier niemand Vorteile verschaffen können. Zuerst sollten alle Familien sich einen Grundvorrat besorgen können, danach konnte jeder noch so viel ernten, wie er wollte.

Urs und ich brachen auf, als das Morgengrauen eher zu ahnen, denn wahrzunehmen war; jeder an der Seite mit einem Lederbeutel ausgerüstet, in den wir im Laufe des Tages immer weitere Sammelobjekte hineingaben. Den Bogen hatten wir umgehängt. Ich hatte gelernt, blitzschnell einen Pfeil aufzulegen und ihn in Anschlag zu bringen, wenn mir etwas über den Weg lief.

Doch heute suchten wir uns einen Wildwechsel aus und legten uns auf die Lauer. Ganz in der Frühe würden die Tiere zum Äsen auf die Lichtung kommen, und wenn wir Glück hatten, dann konnten wir schon bald mit dem Wildbret zurück ins Dorf.

Im Wald war es noch fast dunkel, Urs nur zu erkennen, weil ich wusste, wo ich ihn mit den Augen zu suchen hatte. Wir rührten uns nicht, um nur ja kein Geräusch zu verursachen und die Tiere aufzuschrecken oder gar zu verjagen. Es kam ganz auf das Überraschungsmoment an.

So lagen wir bereits gefühlte zehn Minuten in unserer Deckung, als sich, vorsichtig sichernd, eine Hirschkuh mit ihrem Jungen auf die Lichtung schob. Genau in diesem Moment brach die Sonne durch die Zweige. Wie geblendet blieben die beiden still dort stehen – umgeben von einer Sonnen-Gloriole, geradezu unantastbar! Von diesem Bann gefangen, konnte ich nicht mehr abfeuern, es ging einfach nicht!

Und schon war der Moment vorbei! Die Zwei verschwanden im Dickicht, als wären sie nie dagestanden.

„Was ist denn los mit dir, bist du wieder eingeschlafen?". Urs schüttelte verständnislos seinen Kopf. „So eine Chance wirst du so schnell nicht wiederbekommen, schätze ich."

„Sie, sie standen unter dem Schutz der Götter, stotterte ich nur, ganz ergriffen vom gerade erlebten Moment.

Urs schaute mich einen Moment prüfend an, bevor er nachdenklich nickte: „Ja, wenn das so ist – dann, schätze ich, war das die richtige Entscheidung!"

In schweigender Übereinstimmung verließen wir diesen Platz und wandten uns dem großen See zu. Urs legte mir seinen Arm um die Schultern und drückte mich nur kurz. Auf dem Wege entdeckten wir Etliches für unsere Sammelbeutel, die wir später in den Schatten eines Baumes hängten. Dann machten wir das Boot klar.

Diesmal nahmen wir auch einige größere Köderfische mit und fuhren etwas weiter hinaus – so weit, dass wir kaum noch das Ufer ausmachen konnten. Doch ich hatte keine Angst, im Gegenteil. Das Wasser war mein Element, ich fühlte mich pudelwohl darin und war ein geübter Schwimmer. Auch wenn dies ein natürliches Gewässer war, was nie zu unterschätzen ist - hier machte mir trotzdem niemand etwas vor, da war ich mir sicher. Ich fürchtete mich auch nicht vor Crow und den anderen Konkurrenten.

Urs riss mich heraus aus meinen Gedanken:

„Dies ist ein guter Platz, glaube ich", meinte er und holte sein Paddel ein. „Hier können wir die ersten Fangversuche starten, Vito!"

Ich tat es ihm nach und reckte mich. Bevor ich jedoch mit der Jagd begann, setzte ich mich noch einmal aufrecht, mich zu sammeln, erhob die Hände zum Himmel, neigte sie zur Erde bzw. zum Wasser hinunter, schaute bedachtsam ganz um mich herum, nahm alles in mich auf. Urs wartete schweigend. Über uns ertönte der heisere, durchdringende Schrei des Seeadlers. Als ich den mitgebrachten Tabak entzündet hatte, nahm auch Urs davon und blies den Rauch gemeinsam mit mir hinauf zu den Göttern. Er summte dazu ein uraltes Lied seiner Ahnen, die um Jagdglück baten. Dann waren wir bereit.

Ein leichter Wind wehte von Westen her, als ich einen der mittelgroßen Köder hinunter ins Wasser ließ. Ich schaute gebannt auf die Wasserfläche unter mir. Still sah ich den Fisch dort hängen, bis ich die Leine ein wenig hin und her wiegte, so dass es aussah, als bewege er sich mit den Wellen. Urplötzlich schoss etwas Großes daran vorbei und verschwand sogleich wieder in der Tiefe. Ich sprang sofort auf und ergriff den Speer.

Auch Urs hatte den großen Schatten gesehen, er bedeutete mir durch Blicke und Gesten, unseren Köder durch den größeren auszutauschen. Schnell befolgte ich den Rat, bevor der große Raubfisch ihn für uninteressant halten konnte. Und siehe da, er kam ein zweites Mal. Jetzt zog er einen großen Bogen um die Beute herum, bevor er zuschlug. Ich stand aufrecht im Boot, darauf bedacht, keinen verräterischen Schatten zu werfen. Wohlweislich begann Urs, aus seiner Erfahrung heraus, das Boot so gegen die Sonne zu drehen, dass dies vermieden wurde.

All das ging mir in Sekundenschnelle durch den Kopf, als ich, hoch aufgerichtet, mit dem Speer in der Hand zum Wurf anlegte. Dann zielte ich und holte kräftig aus. Der Speer mit der Fangleine verließ meine Hand – und mit ihm meine Bitte um Vergebung, sowie auch mein Dank für die Hingabe des Opfers.

Der Speer erreichte sein Ziel und traf den Körper des großen starken Fisches, der sich nur kurz im Todeskampf
wand. Aber allein dies erforderte unsere ganze Kraft, ihn
einzuholen, und wir zollten ihm unsere große Achtung
und Bewunderung. Mit Mühe nur konnten wir ihn in unser
kleines Boot hieven und fuhren sofort mit unserem Fang
zurück. Nicht, dass es uns noch erginge, wie dem alten
Mann in Hemingways Meer.

Als der Große später von den Frauen zerlegt wurde, geschah das eigentliche Wunder. In seinem Inneren befanden sich zwei weitere Fische, die der Räuber erst kurz zuvor gefangen haben musste, denn sie waren beinahe un-
versehrt. Dankbar brachte ich ein Tabakopfer dar.

An diesem Abend beschlossen Urs und ich, hinauf zu Alruns Haus zu gehen, um die Nacht dort zu verbringen.

Anderntags, wenn wir zurück in der Siedlung sein würden, wollte ich meinen Eltern auf Urs` Laptop eine Nach-
richt schreiben und sie über die neuesten Entwicklungen
in Kenntnis setzen.

Bevor wir uns nun also aufmachten, bat ich Urs, sich noch
einmal mit Kira auszutauschen und ihr meine von Herzen
kommenden Grüße und guten Wünsche zu überbringen.
Als Symbol dazu, und um dies noch zu unterstreichen,
gab ich auch einen kleinen selbstgeschnitzten Fisch mit
unseren eingebrannten und verzierten Initialen hinzu, der
mir recht gut gelungen war. Ich sehnte den Tag so sehr
herbei, an dem wir uns endlich einmal frei miteinander
austauschen konnten. Diese Bewährungsprobe, diese
Vorbereitungszeit verlangte mir wirklich eine Menge ab,

vor allem aber Geduld. Ich lernte viel über mich und erfuhr, was es heißt, sich für eine Herzensangelegenheit einzusetzen und alles daranzugeben, das Gewünschte auch zu erreichen. Eine mögliche Enttäuschung wäre für mich so schmerzhaft, dass einfach gar nicht daran zu denken war.

Als Urs von Kira zurückkam, konnte ich mich deshalb nicht zurückhalten und überfiel ihn sofort mit den Worten: „Hab ich denn wirklich Chancen bei ihr, sag?!"

Etwas abwehrend meinte er: „Ach, weißt du, nach dem, was ihr passiert ist . . . Ja, sie mag dich sehr, Vito, das ist wohl wahr . . . aber versetze dich mal in ihre Situation, kannst du das überhaupt!?"

Betroffen zuckte ich zusammen. „Na ja, ich kann mir schon vorstellen . . .", meinte ich kleinlaut, „aber es ist doch jetzt vorbei und ich, ich werde sie bestimmt nicht so behandeln, sicher nicht!"

„Nein, das wirst du gewiss nicht, Vito, ich weiß! Aber was da passiert ist, lässt sich nicht so einfach wegwischen, verstehst du? Das wird Zeit brauchen und auch ganz viel Geduld." Er sah mir ernst in die Augen. „Aber darin übst du dich ja gerade."

Ja, darin übte ich mich gerade, und es fiel mir zugegebenermaßen nicht gerade leicht.

Auf dem Weg zu Alruns Haus ging es mir wieder und wieder durch den Kopf, wie Kira sich fühlen musste. Dabei vergaß ich ganz, den Wald im Blick zu behalten. Ich achtete nicht darauf, was sich seitlich im Gebüsch oder hinter mir bewegte. Urs ging voran und ich überließ mich ganz meinen Gedanken.

Daher war ich total überrascht, mich plötzlich nicht mehr auszukennen. Wohin hatte Urs mich geführt? Gerade öffnete ich meinen Mund, ihn zu fragen, da legte er warnend seinen Finger auf die Lippen. Alarmiert blickte ich mich um und suchte mit den Augen die Umgebung ab. Gar nicht weit von uns, zwischen den Bäumen bewegte sich etwas. Meine Augen hatten gerade mal einen Schatten wahrgenommen, doch das genügte, um meinen Jagdinstinkt zu wecken. Wie in Zeitlupe nahm ich sogleich den Bogen von der Schulter, den ich im Wald immer bei mir trug, legte einen Pfeil darauf und spannte die Sehne. Bevor ich abzog, hielt ich für einen Moment die Luft an, um die Richtung nicht zu verziehen. Danach legte ich sofort nach und zielte erneut. Auch der zweite Pfeil musste sitzen, um dem angeschossenen, nun flüchtenden Tier, weitere Qualen zu ersparen. Jetzt brach das Opfer – es war ein junger Elch - tödlich im Rücken getroffen, zusammen.

Erleichtert ließ ich den Bogen sinken. Urs hob den Daumen, mir zu gratulieren, und wir machten uns auf, die Beute zu sichern.

Währenddessen sprachen wir kein Wort. So entgingen uns zum Glück die beiden Menschen nicht, die uns kurz darauf auf dem nahen Wege, den wir eben verlassen hatten, folgten. Schnell duckten wir uns und ließen sie passieren. Es war Crow zusammen mit dem fremden Indianer. War das Zufall, oder verfolgten uns die beiden?

Ich verständigte mich mit meinem Bruder in unserer, seit Kindertagen geübten Zeichensprache. Urs schien den anderen zu erkennen, denn er schaute plötzlich ganz grimmig drein. Vorsichtig folgten wir den beiden.

Sie gingen tatsächlich bis zum Haus. Anscheinend vermuteten sie uns bereits dort und nicht in ihrem Rücken. Was hatten sie bloß vor? Sie benahmen sich ziemlich verdächtig, indem sie sich, immer wieder Deckung suchend, dem Haus näherten. Das verhieß beileibe nichts Gutes.

Wir beobachteten, wie sie sich anschlichen, plötzlich hinzusprangen und die Türe von außen mit einigen Ästen verbarrikadierten. Danach schlugen sie auch noch die Fensterläden zu und führten einen lautlosen kleinen Freudentanz auf. Sie mussten tatsächlich glauben, uns in eine Falle gelockt und sicher eingesperrt zu haben. Dann kamen sie zurück und passierten uns wieder, diesmal in Richtung Dorf. Wir warteten, bis sie außer Hörweite waren. Dann wussten wir, was wir zu tun hatten.

Zunächst sicherten wir unsere Beute, indem wir sie zum Haus schleppten und dort hineinbrachten. Anschließend verschlossen wir alles wieder genauso, wie sie es getan hatten und liefen ebenfalls zum Dorf zurück. Ohne uns dort offen blicken zu lassen, gelangten wir zu Urs´ Siedlungshaus. Er sah sofort, dass das Schloss aufgebrochen wurde und war vorgewarnt. Schnell alarmierte er zwei weitere Nachbarn, die die Türen bewachten, bevor wir hineingingen. Die ungläubige Überraschung in ihren Gesichtern, als wir sie packten und zu Boden warfen, war mir eine große Genugtuung. Zu viert brachten wir die beiden vor den Häuptling, um sie zumindest des Einbruchs anzuklagen. Alsbald wurden sie in verschiedene Zelte gebracht, um sich nicht miteinander absprechen zu können.

Nachdem der Häuptling sich zunächst unsere Geschichte und auch unsere Befürchtungen wegen des Plans angehört hatte, befragte er ebenso die beiden Männer eingehend. Danach wurden die Ältesten zusammengerufen. Die Beratungen dauerten lange Zeit an, was mir aufzeigte, dass hinter all dem viel mehr stecken musste, als es den Anschein hatte.

Als schließlich das vorläufige Urteil verkündet wurde, waren wir daher nicht allzu überrascht von dem moderaten Ergebnis. Urs hatte mich bereits darauf vorbereitet, indem er mir andeutete, wie komplex und auch kompliziert diese ganze Angelegenheit sei. Der Häuptling hatte wahrlich keine leichte Aufgabe zu bewältigen und konnte sich mit seinem Urteil schnell auf dünnes Eis begeben. Auch er war auf seine Wählerschaft angewiesen, und ganz schnell konnte sich die Gunst der Stammesmitglieder auf die andere Seite neigen. Auf die Seite von Crow nämlich, der ebenfalls die Leute mit seinen Worten zu beeinflussen suchte. Worten, die nicht immer der ganzen Wahrheit entsprachen, aber die anscheinend schon den recht wunden Nerv so einiger der Stammesbrüder trafen. Das konnte auch mein Ansehen hier noch ganz erheblich beeinflussen, und damit auch mein großes Herzensanliegen bezüglich Kira. Konnte es denn sein, dass Crow ihr gegenüber ähnlich stark empfand wie ich? Jedenfalls tat er alles, sie mir immer ferner zu rücken. Welche Motive trieben ihn an?

„Du kannst nicht immer alles verstehen, Vito", meinte Urs dazu. „Das musst du auch gar nicht, wenn du nur weißt, aus welcher Motivation heraus *du* handelst!"

Da beruhigte ich mich wieder.

Gemeinsam mit Urs` beiden Nachbarn holten wir unsere Jagdbeute aus dem Haus und übergaben sie den Frauen.

Urs palaverte weiter mit den Alten. Noch immer ging es um das Land und die eingetragenen Punkte auf dem Plan. Inwieweit das auch mich betraf, konnte ich nicht ermessen.

Ich besorgte derweil neues Holz zum Schnitzen.

Während ich mir, in Gedanken um die Anregung des Häuptlings, überlegte, was ich dem Stamm denn aus meiner Kultur zu bieten vermochte, bzw. woran es diesem mangelte, wurde ich mir erstmals bewusst, welche Vorteile mir in meinem bisherigen Leben zuteilgeworden waren. Auch, dass ich dadurch jetzt ungleich bessere Ausgangsbedingungen in dieser neuen, von Weißen beherrschten Gesellschaft besaß. Viele der Indigenen waren gerade erst dabei, sich ihrer eigenen Identität wieder neu zu versichern, indem sie sich mühsam zurückholten, was ihnen durch die weißen Einwanderer beinahe schon unrettbar verloren schien. Allem voran ihre Sprache, durch die die Kultur erst erfahrbar gemacht wurde. Viele der Jungen mussten sie erst wieder neu erlernen, wenn sie verstehen wollten, was die Alten ihnen zu vermitteln suchten. Jetzt oft ein mühsames Unterfangen, weiterzugeben, was sie sonst fraglos und wie selbstverständlich bereits mit der Muttermilch aufgesogen hätten.

Dann das Land. Das Land, welches ihnen vielfach aberkannt worden war. Für die Indianer gab es dieses Besitzdenken nicht, sie lebten in einer völlig anderen Vorstellungswelt und missverstanden daher die Absichten der Einwanderer, was ihnen sehr zum Nachteil gereichte. Doch auch sie selbst hatten ja andere Stämme oder Bauern verdrängt, und auch unter ihnen gab es Ungerechtigkeiten. Wie überall galt auch hier lange Zeit das Recht des Stärkeren. Erst heute ändert sich einiges in der Handhabung der Gesetze, doch es bleibt ein zäher Kampf. Wem fällt es schon leicht, auf seine Vorteile zu verzichten? Vielleicht gelingt dies erst, wenn auch der Nutzen eines solchen Verhaltens für die Gesellschaft aufgezeigt werden kann.

All dies ging mir durch den Kopf, während ich kleine Verzierungen in meine Schnitzereien einbrannte. Darin hatte ich inzwischen recht großes Geschick entwickelt, welches ich natürlich ebenso in andere Objekte einbringen konnte. Das würde zu Kiras Aktivitäten passen, und so könnte ich sie bei ihrem Kunsthandwerk aktiv unterstützen. Ebenso hatte ich ja, dank meines bisherigen Ingenieurstudiums, einige Kenntnisse, mit denen ich mich im Dorf nützlich machen konnte.

Wo würde eigentlich *ich* fortan leben? Vorausgesetzt, es ginge alles so aus, wie ich mir das vorstellte?

Bisher hatte ich mir die konkreten Umstände danach noch gar nicht ausdenken können, alles war so schnell gegangen bisher, und es war so viel passiert in der Zwischenzeit.

Wer hätte denn auch gedacht, dass ich so bald Vater werden könnte? Und auch alles andere! Kira, die Uni, meine Eltern . . . Würde der Stamm mich überhaupt aufnehmen? Da gab es sicher noch einige Unwägbarkeiten. Was aber noch wichtiger war: Konnte Kira mich lieben?

Ich jedenfalls wollte alles dafür tun!

Doch wie würde dieses *alles* ganz konkret aussehen?

Schon hörte ich meine Mutter fragen: „Aber Junge, wovon wollt ihr denn leben, wo wollt ihr überhaupt wohnen?"

Meine Mutter – ein warmes Gefühl durchflutete mich - sie hatte ja Recht. Wo wollte ich mit Kira eigentlich leben? Hatte sie bereits ihre eigenen Vorstellungen, oder oblag das meiner Entscheidung, und sie würde fraglos mit mir gehen? Mir ging auf, wie wenig ich von ihr und vom Leben der Anishinabek eigentlich wusste. Das wollte ich, das musste ich unbedingt ändern!

Schon fing ich an zu träumen. Ich sah Alruns Haus vor mir und stellte mir vor, es für uns zwei – oder drei? - auszubauen und unseren Bedürfnissen anzupassen. Ja natürlich! Wieso war ich nicht schon früher darauf gekommen? Wir würden weiterhin die Nähe des Stammes und des Grünlandes genießen und gleichzeitig auch die Universität in Duluth erreichen können, in der ich mich bereits online eingetragen hatte. Klar müssten wir beim Ausbau des Hauses auch ein Gästezimmer für meine Eltern und natürlich auch ein Kinderzimmer mit einplanen.

Doch wie sollte ich das alles finanzieren?

Darüber würde ich mir später noch Gedanken machen können.

Jetzt wollte ich mich erst einmal auf das anstehende Ereignis einstimmen. Was war überhaupt mit Crow in der Zwischenzeit passiert? Ich legte meine fertiggestellten Holzfiguren beiseite, um sie Kira in einem Korb vors Wigwam zu stellen. Alle vorbereitenden Aufgaben waren damit inzwischen von mir erfüllt, für heute war es genug.

Wir würden die Nacht nun doch im Dorf verbringen, ein nochmaliges Hin und Her wäre Zuviel des Guten. Mit diesen Gedanken legte ich mich im Gästezelt des ersten Tages auf die Matte und schlief beinahe sofort ein. Später hörte ich auch Urs kommen, der sich ebenfalls niederließ, und raunte ihm im Halbschlaf zu: „Lasst uns morgen früh hinaufgehen, ja?" Er ließ wie zur Bestätigung nur ein leichtes Schnaufen hören. Ich dachte mir weiter nichts dabei.

Als mir aber frühmorgens etwas Feuchtes durchs Gesicht fuhr, wagte ich kaum, die Augen aufzuschlagen. „Urs? Urs, was machst du da?", fragte ich nun, deutlich verunsichert und vorsichtig blinzelnd. Sofort fuhr es wie ein Blitz durch meine Glieder und ein gutturaler Laut entwich meiner Kehle, so dass selbst der Bär vor Schreck erstarrte, bevor er die Flucht ergriff. War das Zelt nicht gut verschlossen gewesen die Nacht über, oder wurde es von jemandem geöffnet?

Zum Glück hatte der Bär wohl bereits gespeist.

Als die Hunde den ungebetenen Gast verbellten und aus dem Dorf jagten, knurrte ich hämisch, doch mit immer noch zitternden Gliedern: „Da habt ihr aber gut aufgepasst, wirklich!" Und ihm, der gerade hinzukam, keuchte ich fassungslos entgegen: „Mensch, Urs, dein Namensvetter war da!"

Abgehetzt und ziemlich besorgt kam er auf mich zu. „Besuch gehabt, Vito?"

„Der Mundgeruch war berauschend, Urs! Und ich dachte, das seist du." Wir brachen beide zugleich in befreites Gelächter aus.

„Ich habe heute beschlossen, mir mindestens zwei große Hunde zuzulegen. Wir befinden uns hier schließlich mitten in der Wildnis!"

Aus dem nahen Wald ertönte ein bestätigendes Brüllen zu uns herüber. Ich hob alarmiert den Kopf; Sogar Urs zog besorgt die Brauen hoch.

„Gehen wir jetzt trotzdem zu Alruns Haus hinauf, Urs?" Er nickte bestätigend.

Wir bewaffneten uns beide mit Messern, Speeren, Pfeil und Bogen. Das schien uns das Gebotene zu sein, da der Bär ja noch nicht weit sein konnte und sich anscheinend in Menschennähe recht wohl fühlte.

Urs schüttelte unwirsch den Kopf. „Ich verstehe das nicht! Schon der zweite aufdringliche Bär."

„Ich habe den Verdacht, dass da jemand nachgeholfen hat. Was ist denn mit Crow, wurde bezüglich seiner Strafe noch etwas anderes beschlossen von den Alten?"

„Nur eine Verwarnung – wir konnten ihn ja für nichts weiter belangen. Aber immerhin muss er sich jetzt in Acht nehmen."

„Was er anscheinend aber ignoriert hat", gab ich im Hinblick auf den Bären zu bedenken.

„Ja, er ist ein schwieriger Typ. Der lässt sich ungern von andern was sagen, und schon gar nicht von Weißen!"

„Und jetzt läuft er wieder frei herum, dass man sich, ja, dass auch wir uns vorsehen müssen vor ihm. Ich habe den Verdacht, dass er uns vom Kampf fernhalten will. Wenn wir, also, wenn *ich* nicht teilnehme, wenn ich gar nicht erst auftauche, dann werde ich nicht berücksichtigt und kann damit auch nicht gewinnen, verstehst du?"

„Ich weiß, was du meinst, Vito. Und auch, wie wichtig das jetzt für dich ist!"

„Ja, und ich werde mich von ihm nicht ausbooten lassen, Urs!"

„Keine Sorge, den schnappe *ich* mir!" stieß er plötzlich zwischen den Zähnen hervor.

Erstaunt ob dieses ungewohnten Gefühlsausbruchs beobachtete ich das Gesicht meines Bruders.

Dann fuhr Urs fort: „Du, als Alruns Erbe, hast alles damit zu tun! Wenn du dich entschließen solltest, das Haus oder das Land zu verkaufen oder es in einer, für unseren Stamm unverträglichen Weise zu nutzen, dann kann dies unser Aus bedeuten. Das Ende für uns und für das Reservat."

Jetzt setzte Urs sich energisch in Bewegung. Einige Sekunden stand ich noch verständnislos und wie erstarrt da, dann suchte ich, ihm zu folgen.

Doch ich hatte meine liebe Mühe, ihn einzuholen. Als ich es schließlich doch schaffte, und seine Schulter ergriff, gab er einen beinahe tierischen Laut der Frustration von sich, wie es eben noch der Bär getan hatte. Dann blieb er stehen und drehte sich zu mir um. In seinen Augen glitzerten Tränen der Wut – oder war es die Ohnmacht, die ihn so tieftraurig machte?

„Urs! Kennst du mich denn so wenig? Weißt du nicht, dass ich niemals etwas tun würde, was euch schadet?"

„Du könntest dazu gezwungen sein!"

„Wodurch denn? Was sollte mich zwingen können?"

„Man könnte Kira als Druckmittel einsetzen!"

„Was?", fragte ich fassungslos. Schweigend gingen wir weiter, bis wir das Haus erreichten. Mir ward wechselweise heiß und wieder kalt.

Morgen. Morgen würde der Tag der Entscheidung sein!

Letzte Gelegenheit, alle Fragen zu klären und sich vorzubereiten. Auch im Dorf war eine gewisse Unruhe zu spüren. Es war, als ob man gerade den großen Kochtopf aufs Feuer gesetzt habe und warte nun ungeduldig darauf, dass er anfinge, sich zu erhitzen. An den aufgeregten Stimmen erkannte ich die Wichtigkeit dieses Ereignisses.

Die ganze Zeit über schon duftete es nach den Speisen, welche die Frauen in fröhlicher Gemeinschaftsarbeit aus den dargebrachten Jagdbeuten und Sammelergebnissen hervorzauberten. Ab und an erbarmte sich eine von ihnen und gab uns heimlich eine der Köstlichkeiten zu probieren.

In einer Ecke begannen die Youngsters Wetten abzuschließen, und immer, wenn ich vorbeilief, wurde ich fachmännisch begutachtet.

Ich schaute mich suchend nach Kira um, doch sie würde wohl erst morgen, zum Kampf, wieder zu sehen sein. Dann hatte die lange Zeit der Distanz endlich ein Ende, so hoffte ich jedenfalls inbrünstig.

Meinen Eltern hatte ich bereits kurz nach Tagesbeginn eine Mail geschrieben, in der ich versuchte, ihnen meine momentane Situation darzustellen. Doch achtete ich auch darauf, sie bloß nicht zu ängstigen und kündigte ihnen einen Besuch noch vor Studienbeginn an, bei dem ich ihnen dann alles ganz genau erzählen würde.

Jetzt wollte ich mich noch über den Ablauf und die Bedingungen des Kampfes anderntags informieren, die gerade im Moment von den Alten bekanntgegeben wurden.

Demnach sollte bereits nach Sonnenaufgang für alle das große Treffen auf dem Platz stattfinden und der Häuptling die Veranstaltung mit einer kurzen Einstimmung und Ansprache eröffnen.

Alle vier Bewerber (Crow, Bluejay, Wind und ich) würden sich jedem einzelnen der drei anderen im Kampf stellen.

Dazu gab es vier Kampfarten, nach deren Reihenfolge auch die Kämpfe ausgetragen würden, so, dass sie von allen verfolgt werden konnten:

1. Nahkampf

2. Schwimmen und Tauchen

3. Bogenschießen

4. Speerwerfen

Für jede Kampfart gab es einen vorbereiteten Austragungsort.

Die jeweils zwei Schiedsrichter klärten noch einmal über die Bedingungen des Kampfes auf.

Jeder, der in drei Austragungen unterlag, schied bereits an diesem Punkt ganz aus.

Es würde so lange weitergekämpft, bis es einen klaren Sieger gab.

Ich ging im Geiste noch einmal alles genauer durch.

Also, es traten immer zwei Kämpfer auf Sieg oder Niederlage gegeneinander an.

Aber vorab zogen alle vier zuerst einen, der auf gleicher Höhe aus dem Boden ragenden vier Pfeile hinaus. Zwei waren länger, zwei kürzer. Die Männer mit jeweils gleich langen Pfeilen bestritten den Kampf gegeneinander. Zum Schluss blieb dann nur noch ein Mann als Sieger übrig.

Als erste Kampfart war da demnach der Nahkampf. Wir würden die Pfeile aus dem Boden ziehen, es war wie bei uns das Stöckchen ziehen mit den Streichhölzern. Die ersten Zwei bestritten den Kampf, danach die nächsten beiden. Dann traten auch die zwei Sieger gegeneinander an.

Danach würde in der zweiten. Kampfart genauso verfahren werden usw. Doch zwischendurch gab es auch Pausen zum Ausruhen und Essen, mit Trommelmusik und Gesang.

Siege und Niederlagen wurden jeweils notiert, und sobald drei Niederlagen zusammenkamen, schied derjenige ganz aus. Es würde ein anstrengender, langer Tag werden, oder auch ein anstrengender, ganz kurzer.

Ich konnte also jetzt noch nicht absehen, wann ich selber an der Reihe sein würde, und gegen wen ich als erstes anzutreten hatte. Vielleicht gut so! Nun war es an der Zeit, mich zu sammeln und mich auf alles zu besinnen, was ich in der letzten Zeit zusammen mit Urs geübt hatte.

Später, nach den Kämpfen dann noch die Abstimmung über meine Aufnahme in den Stamm! Urs hatte versprochen, mich darin zu unterstützen und sich für mich einzusetzen.

Zur Krönung des Tages Kiras Entscheidung! Ich atmete einmal tief ein – dann schob ich das Thema ganz bewusst erstmal zur Seite.

Urs setzte sich zu mir. „Na, schon aufgeregt?", fragte er leise. Ich antwortete nicht sofort. Um uns herum beruhigte sich allmählich alles und wich einer erwartungsschwangeren Stille.

Von denen, die an diesem Sommerabend noch drüben ums Feuer saßen, hörte man ein Murmeln und Raunen herüberwehen, so dass Urs mir alsbald bedeutete, er werde sich besser mit dazusetzen, einige Dinge mit einzustreuen, welche die Meinung über mich positiv beeinflussen könnten. Crow habe bereits viel zu lang ungebremst in gegenteiliger Richtung wirken können.

„Geh nur, Urs, ich werde mich sowieso gleich schlafen legen. Diesmal hoffentlich ohne ungebetenen Besuch!"

„Na, ich werde ein Auge auf dich haben, und auf Crow auch!" Urs klopfte mir aufmunternd die Schulter. Dann ging er Richtung Feuerstelle, hinüber zu den anderen.

Beruhigt überließ ich alles Weitere ihm und begab mich zum Schlafen ins Zelt. Ich wollte am nächsten Tage gut ausgeruht sein, wusste ich doch um dessen Wichtigkeit. Immerzu dachte ich dabei an Kira, Kira, immerzu Kira - bis in meinen Schlaf hinein ein mäandernder Gedankenstrom.

Kapitel 8

„Kampftag, Vito! Aufstehen!", flüsterte es nahe meines Ohres. Ich schlug die Augen auf und hielt einen Moment inne, bevor ich mich umdrehte, um mich ausgiebig zu recken und dann beherzt von meiner Matte aufzustehen. Nun hielt mir Urs seine geschlossene Hand vor die Nase. Wie gebannt starrte ich auf die sich langsam öffnenden Finger.

„Wow, woher . . .".

„Kira möchte, dass du dieses Amulett heute trägst", unterbrach mich Urs.

Mit klopfendem Herzen nahm ich es und hängte es mir um den Hals.

„Auch, wenn du es zum Nahkampf wieder abzulegen hast, wird seine innewohnende Kraft nun auf dich übergehen, dich schützen und dich stärken!"

Für einen Moment lang verharrten wir in Schweigen, dann stieß mich Urs an: „Komm jetzt, du musst noch eine Kleinigkeit essen und dich dann vorbereiten. Am besten ölst du dich ganz ein, dann hat dein Gegner keinen Halt um dich anzugreifen." Er reichte mir eine Schale mit Öl. Vergiss nicht, dich einige Minuten zu sammeln und deine Götter um Beistand zu bitten. Hast du Tabak?"

Ich schüttelte meinen Kopf, daran hatte ich in der Aufregung nicht mehr gedacht. Urs reichte mir etwas von dem

Kraut herüber. „Hier, nimm das! Und dann komm anschließend auch rüber! Ich gehe schon mal voraus." Damit verschwand er aus dem Zelt.

Er hatte recht. Langsam spürte ich die Aufregung in mir aufsteigen. Ganz bewusst ließ ich mich wieder auf die Bettkante sinken und machte eine kurze Meditation, mich zu sammeln und mit den Göttern zu verbinden. Dankbar betrachtete ich auch das Amulett von Kira und ließ es auf mich einwirken. Als ich alle Rituale verrichtet hatte, stand ich gestärkt auf, wusch und ölte mich, bevor ich mein Kampfgewand und meine Waffen anlegte. Dann machte auch ich mich auf zum großen Platz.

Ich sah, wie Urs bei den Frauen einige Speisen auswählte, die er mir jetzt brachte. „Hier, einige Dinge, die dich stärken, aber nicht belasten. Iss sie in Ruhe! Aber nicht mehr, sonst wirst du nur müde!"

Ich hätte jetzt sowieso nicht mehr hinunterbekommen. Verstohlen sah ich mich nach Kira um. Da vorne saßen die Frauen, war sie schon dabei? Plötzlich entdeckte ich sie. Sofort griff meine Hand an das Amulett um meinem Hals. Als sie herüberschaute, hob ich es an und küsste es. Sie hatte es bemerkt, denn sie neigte ganz leicht den Kopf. Ich lächelte.

Nun war ich bereit. Langsam füllte sich der Platz, gedämpftes, erwartungsvolles Stimmengemurmel von allen Seiten war zu hören. Auch die beiden anderen Bewerber Bluejay und Wind saßen bereits da. Aber wo war Crow? Ich konnte ihn nirgends entdecken. Was heckte der schon wieder aus?

Nun begannen die Trommler zu spielen. Dann stimmten die Sänger ihre Lieder an, und nach und nach fielen immer mehr ein in ihren Gesang, der die Kämpfer auf ihre Aufgabe einstimmen sollte.

Schon erschien auch der Häuptling mit dem Ältestenrat. Es wurde ernst.

Die Trommeln verstummten, die Lieder versiegten auf den Lippen. Man hörte die Kinder vor Aufregung kichern, als der Häuptling vortrat und die Hand erhob.

Bedeutungsvoll schaute er in die Runde, bevor er zu sprechen begann:

„Meine Brüder und Schwestern, liebe Kinder!

Heute ist ein großer Tag, und ihr alle habt euch schon darauf gefreut. Bis auf die Kämpfer, die haben gezittert!", meinte er schmunzelnd. Die Zuhörer lachten! „Sind denn überhaupt alle da? Mir scheint, da fehlt noch einer!" Er schaute suchend umher, bis jemand auf ihn zutrat und ihm etwas zuflüsterte.

„Wir müssen wohl noch ein paar Minuten auf Crow warten. Aber da ist ja unser junger weißer Freund, Vito, den wir schon als Kind und noch kürzlich anlässlich seiner Initiation näher kennen gelernt haben. Seit dieser Zeit ist er uns lieb geworden wie ein Sohn." Einige zustimmende Rufe ertönten. Da

Crow immer noch nicht zu sehen war, fuhr der Häuptling fort: „Letztlich haben sich einige besondere Dinge zugetragen, von denen Urs gestern Abend am Feuer erzählte.

Daran können wir sehen, wie unser Bruder Vito sich unsere Denkart zu eigen gemacht hat und sie auch umsetzt. Er achtet die Kreatur und ehrt die Götter. Auf der Pirsch letztens verzichtete Vito auf seine, für den Wettbewerb aufzubringende Jagdbeute, weil er durch ein Zeichen glaubte, dass die Götter diese Hirschkuh mit dem Kalb verschonen wollten.

Das war das eine. Noch am selben Tag, diesmal auf dem Wasser, bat Vito zunächst nach Indianerart die Götter um Jagdglück. Später, als er erhört worden war, bat er den Fisch um Vergebung und dankte ihm für seine Hingabe. Auch vergaß Vito nicht, den Göttern zu danken.

Und wir haben alle den großen Fisch gesehen, den er an diesem Tag mit ins Dorf brachte für das heutige Fest, und auch die zwei kleineren, die der noch in seinem Bauch bereithielt. Ich denke, das ist ein Zeichen dafür, dass die Götter es gut mit Vito meinen. Vergesst das nicht, wenn ihr nach Beendigung unseres Wettbewerbs darüber abzustimmen habt, ob Vitos Antrag auf Aufnahme in den Stamm von euch angenommen wird!" Der Häuptling hielt kurz inne und schaute sich wiederum nach Crow um.

„Doch so weit sind wir ja noch nicht. Jetzt brauchen wir zuerst einmal eine Kampfausscheidung, und wie ihr wisst, geht es dabei um Chiara! Ich hoffe für Crow, dass er jetzt zur Auslosung auftaucht, er war doch gestern am Feuer noch so redselig."

Ich horchte auf. „Hast du, habt ihr irgendwas mit ihm gemacht?" Ich packte Urs` Arm.

In diesem Moment tauchte der Gesuchte auf und entschuldigte sich beim Häuptling für seine Verspätung. Der wies ihn an, sich sofort auf seinen Platz zu begeben, man wolle jetzt anfangen. Er gab den Trommlern ein Zeichen und die legten auch gleich los. Die anderen drei Bewerber und ich wurden in die Mitte gebeten. Alles war vorbereitet. Als Erster wurde ich aufgefordert, einen der Pfeile aus dem Boden zu ziehen. Ich vertraute dabei auf mein Bauchgefühl. Der Pfeilschaft erwies sich als halblang. Auch Bluejay, Wind und Crow zogen nun ihre Pfeile. Bluejay hatte die gleiche Schaftlänge wie ich. Er war also mein erster Gegner. Crow und Wind waren das zweite Paar.

Bluejay und ich begaben uns nun zur abgesteckten Kampffläche. Ich legte meine Waffen ab und rieb mich noch einmal mit dem Öl ein, küsste mein Amulett, dabei einen Blick auf Kira wagend, und legte es für den Kampf beiseite. Mit bloßem Oberkörper zu kämpfen, schien mir günstiger, um meinem Gegner möglichst wenig Haltefläche zu bieten.

Urs blieb, als mein Betreuer, immer in meiner Nähe, auch alle anderen suchten, so nahe wie möglich dabei zu sein, um nur ja nichts zu verpassen. Es bildete sich ein Gürtel aus Zuschauern um den Kampfplatz.

Die Frauen saßen etwas erhöht, so dass sie das meiste auch von dort verfolgen konnten.

Von den Schiedsrichtern wurden noch einmal die Bedingungen erklärt; der Kampf endete, wenn einer der beiden Kämpfenden aufgab. Waffen waren nicht erlaubt, auch kein Beißen oder Kratzen.

Der Trommler gab den Beginn kund. Und los ging`s.

Bluejay und ich kannten uns nicht, wussten uns daher auch nicht einzuschätzen. Nun schlich er gebückt lauernd um mich herum. Ich ließ ihn keine Sekunde aus den Augen, suchte nach einer Schwachstelle. Mein Gegner war etwas kleiner als ich, doch sonst von ähnlicher Statur, am besten wartete ich, bis er einen Angriff startete. In der Abwehr war ich meist gut, d. h. reaktionsschnell, und ich hatte eine Reihe an Techniken und Tricks gelernt, meine Gegner damit zu überraschen. Doch auch folgenden Satz hatte ich mir immer sehr zu Herzen genommen: Unterschätze niemals einen Gegner!

Und ich tat gut daran, denn er war flink wie ein Wiesel, dieser Bluejay. Schon zweimal hatte er mich attackiert und beide Male konnte ich gerade noch ausweichen. So langsam begriff ich aber, wie er tickte und begann, mich besser auf ihn einzustellen.

„Bluejay, pack ihn dir!"; „Zeig dem Weißen Mann, was kämpfen heißt!"

„Lass dich nicht unterkriegen, Vito!"; „Vito, wir wollen sehn, was du draufhast!"

So oder ähnlich tönte es von allen Seiten.

Den nächsten Angriff sah ich kommen, und machte mir seinen Schwung zunutze, Bluejay zu Boden zu werfen und mit einem Haltegriff zu fixieren. Damit hatte er nicht gerechnet. Nach der ersten Verblüffung spürte ich nun auch seine Wut, in der er suchte, sich zu befreien. Ich ließ ihm wohlweislich keinen Spielraum, so dass es mich nicht allzu viel Kraft kostete, dies zu verhindern. Ja, auch die Kräfte hieß es einzuteilen, der Tag würde noch einiges an

Herausforderungen bringen. Als Bluejay merkte, dass alles nicht half, sich zu befreien, gab er schließlich zähneknirschend auf.

Ich hatte meinen ersten Kampf gewonnen. Urs klopfte mir freudig auf die Schulter, auch Kira schien zu lächeln.

Nach einem kleinen Trommelwirbel wurden Crow und Wind zum nächsten Kampf aufgerufen. Diese Begegnung würde ich ganz genau beobachten, um daraus Schlüsse für meine Taktik im nächsten Kampf zu ziehen. Dasselbe hatten sicherlich auch Crow und Wind bei uns getan.

Während ich zuschaute, konnte ich mich ausruhen und auf den anstehenden Ausscheidungskampf der ersten Runde einstellen.

Doch zunächst konzentrierte ich mich jetzt voll auf diese beiden, insbesondere auf Crow, vor dem ich mir keinesfalls eine Blöße geben wollte. Welche Taktiken wandte er an, welche Stärken und Schwächen wies er auf? Genau wie ich ließ er zunächst seinen Gegner kommen, um ihn immer wieder zu parieren. Sicher wollte auch er klugerweise seine Kräfte schonen. Ihn würde ich wohl nicht so leicht außer Gefecht setzen können. Gerade hatte Wind sich seiner nur mit Mühe erwehren können. Nun aber griff Crow ihn an und versuchte, ihm die Beine durch einen Tritt unter dem Körper wegzustoßen. Wind aber fing sich wieder und beide stürzten miteinander zu Boden, wo sogleich ein wildes Ringen begann.

„Wind! Wind!", „Crow! Crow!"

Die Stammesangehörigen hatten Partei ergriffen und stimmten im Eifer des Gefechts Gesänge an, die Kämpfer zu befeuern. Die Anspannung stieg. Jetzt sah ich, wie Crow seinen Gegner mit einem Trick lahmlegte; so schnell und so geschickt, dass es sich in mein Hirn einbrannte. Das durfte ihm bei mir nicht glücken, auf gar keinen Fall! Zum Zeichen seines Sieges riss er beide Arme hoch, während Wind sich zerknirscht erhob.

Mein nächster Gegner war somit Crow. Wiederum ein Trommelwirbel und dazu eine kleine Pause, damit auch er sich noch etwas erholen konnte.

„Komm her, lass uns noch ein paar Dinge besprechen, Vito!", meinte Urs und zog mich zur Seite, wo wir ungestörter reden konnten. „Hast du seine letzte Finte gesehn?"

Ich nickte. „Ja, das habe ich mitgekriegt!"

„Lass mich dir noch einen kleinen Trick zeigen, den Crow, soweit ich weiß, nicht kennt, Vito!" Kurz schaute er sich um, Crow war zum Glück gerade in einer anderen Ecke beschäftigt.

Urs deutete mir eine mögliche Reaktion auf Crows Vorgehensweise an und zeigte mir, worauf ich dabei zu achten hatte. Ich wiederholte diese ein paar Mal, bis Urs mit mir zufrieden war.

„So, und nun zentriere dich auf deine Mitte, Vito, und vertraue dich den Göttern an! Ich lass dich jetzt noch kurz allein." Damit ging er zurück, und ich tat, wie er geheißen, vertiefte mich in die Stille und ließ alles andere außen vor.

Als die Trommeln erneut zum Kampf aufriefen, war ich gerüstet. Noch einmal kurz eingeölt und Crow und ich betraten den Kampfplatz. Die Spannung im Rund schien sofort spürbar zu steigen.

Während Crow noch einmal sein Haar zusammenband, das sich gelöst hatte, redete er, mich demonstrativ ignorierend, doch für alle deutlich vernehmbar vor sich hin: „Fuckin hell! Dies ist Stammessache, was hat denn *der* dabei zu suchen? - Hat überhaupt kein Anrecht auf Chiara, der blöde Hund!"

Ich merkte, wie mein Blut vor Empörung aufwallte, rundum wurde es still ob dieser Beschimpfung. Alle warteten gespannt auf meine Reaktion.

„Geh nicht drauf ein, Vito, er will dich nur provozieren!", hörte ich Urs hinter mir. „Denk an deine Mitte!"

„Ein Anrecht auf Kira hat niemand! Sie ganz allein wird über ihre Zukunft entscheiden!", konnte ich mir dennoch nicht verkneifen, noch anzumerken. Innerlich bebte ich vor Zorn.

Doch suchte ich mich nun zu konzentrieren. Es spielte keine Rolle, was er sagte. Schon zeigten die Trommler den Beginn der Austragung an.

Auch Crow war erregt. Bei Eröffnung des Kampfes sprang er förmlich auf mich zu, doch er konnte mich nicht überraschen. Ich drehte mich halb zur Seite weg, so dass seine Hand an meiner ölglatten Haut abglitt, und er seinen sicheren Stand verlor. Dann packte ich ihn mir von hinten, legte einen Arm um seinen Hals, griff mit dem anderen seinen Arm und warf Crow zu Boden. Doch sogleich wand er sich wie ein Aal aus meinem Griff und begann nun seinerseits mich zu bedrängen. Für einen solchen Fall hatte ich einige Techniken parat und so ging es eine Weile hin und her. Mal schien Crow, mal ich im Vorteil, so dass die Menge um uns herum des Öfteren aufschrie vor Schrecken oder aber vor Entzücken, je nachdem, zu wem sie hielt, bzw. wem sie den Sieg mehr gönnte. Es war ein nicht enden wollender, kräftezehrender Kampf. Als meine Gedanken für einen winzigen Moment abschweiften und zu Kira wanderten, nutzte Crow diese Gelegenheit geschickt aus und drehte mir die Arme derart auf den Rücken, dass ich mich nicht mehr rühren konnte, ohne vor Schmerz aufzustöhnen. Bei jeder kleinsten Bewegung zog er fester zu, und das Nein in meinem Inneren wurde immer kleiner. Als ich keinerlei Ausweg mehr sah, musste ich diesen Kampf schließlich verloren geben, was Crow ein wahres Triumphgeheul ausstoßen ließ. Als er jedoch mit einem Blick auf mich verächtlich zur Seite ausspie, da begannen selbst die, die ihm zugejubelt hatten, nun missbilligend zu murren.

„Du hast dich sehr ehrenvoll geschlagen, Vito!", meinte Urs tröstend, aber auch mit Stolz zu mir und führte mich zur Pause ins Zelt zurück. „Vito, mein Bruder, du musst dich jetzt etwas ausruhen, damit du beim Schwimmen all deine Kräfte wieder beisammenhast! Ich werde dir eine kleine Stärkung holen, du trink derweil schon mal etwas, bin gleich wieder da!", sprach's und verschwand. Ich ließ mich erschöpft auf die Matte sinken und schloss die Augen. Doch sogleich bedrängten mich die Bilder meiner Niederlage. Was hatte ich falsch gemacht? Szene für Szene lief der Kampf noch einmal vor meinem inneren Auge ab, und ich quälte mich mit dem Resultat, bis Urs mit einigen essbaren Kleinigkeiten wieder im Zelt erschien.

„Hör auf damit, Vito! Ein guter Kämpfer muss auch mal verlieren können!"

„Aber es ist doch so wichtig! Ich kann mir keine Niederlage leisten. Du willst mich ja nur trösten."

„Doch sicher, das kannst du! Auch der größte Kämpfer verliert mal einen Kampf, Vito. Wichtig ist, dass du nicht dabei stehen bleibst, sondern dass du das abhakst und nach vorne schaust. Die Schlacht zu gewinnen, das ist das Ziel! Denk jetzt *daran*, und lass das andere hinter dir. Geschehen ist geschehen. Schau jetzt nur noch nach vorne auf dein Ziel! Hörst du?"

Ich blickte ihn unsicher an. Urs aber sah mir fest in die Augen und reichte mir mein Amulett, dass ich es umhänge. Ich nahm es an und spürte sogleich seine beruhigende Kraft.

„Komm, iss etwas, auch das Schwimmen wird kräftezehrend sein. Und dann ruhe dich aus, bis ich dich rufe."

Ich nickte ergeben, aß und trank und legte mich zur Ruhe. Beinahe sofort fiel ich in einen traumlosen, erholsamen Schlaf.

„Vito!", seine leise Stimme ließ mich sofort aufmerken. „Es ist wieder soweit. Halte dich bereit, wir gehen gleich rüber zu den anderen!"

„Ja, ist gut. Ich bin fertig, Urs." Schon erhob ich mich und wir machten uns auf zum Platz am See, wo die nächsten Kämpfe stattfinden sollten.

Wieder taxierende Blicke, hier und da vereinzelte Zurufe, meist aufmunternder Art. Die meisten schienen mir wohlgesonnen zu sein. Das beruhigte mich ein wenig.

Beinahe alle hatten sich bereits am Seeufer versammelt. Auch hier war den Frauen ein erhöhter Platz mit guter Sicht eingeräumt. Kira schaute mir freundlich entgegen und hob kurz ihre Hand zum Gruße. Während ich freudig zurückgrüßte, sah ich, wie Crow dies mit finsterer Miene beobachtete. Doch blieb zum Glück nicht lange Zeit, darüber ins Grübeln zu geraten, denn schon riefen die Trommeln zum Einsatz.

Alle vier Kämpfer zogen nun erneut einen der Schäfte aus dem Boden. Ich erwischte einen vollständigen Pfeil. Gegen wen würde ich dieses Mal antreten müssen? Darauf zog Bluejay, und reckte einen gekürzten Pfeil in die Höhe. Dann war die Reihe an Wind – er zog ebenfalls ein kurzes Ende. Ein Huh! aus der Menge zeigte deren Erregung an. Auch ich stieß meine vor Anspannung angehaltene Luft aus.

Die Wahl für mich fiel also schon jetzt wieder auf Crow. Doch waren dieses Mal Bluejay und Wind als erste an der Reihe. Noch ein kleiner Aufschub also und Gelegenheit, sich wieder zu sammeln.

Die Schiedsrichter erklärten auch jetzt wieder für alle, nach welchen Regeln die Entscheidung herbeizuführen war.

Die Schwimmer hatten zunächst ein Boot weit draußen auf dem See zu umrunden, danach würde der im Boot sitzende Wächter für jeden sofort einen am Boot verankerten und mit einem Gewicht beschwerten Fisch in die Tiefe herablassen, den sie dann heraufzuholen und an Land zu bringen hatten. Wer mit diesem zuerst wieder dort ankam, hatte gewonnen.

Bluejay und Wind machten sich bereit. Nur mit einem Lendenschurz bekleidet, warteten sie auf das Startsignal. Beim ersten dumpfen Ton der großen Trommel stürzten sie sich in die Fluten und kraulten um die Wette. Es dauerte eine geraume Zeit, währenddessen sie kleiner und kleiner wurden, ihre Köpfe kaum mehr auszumachen waren, bis sie das Boot erreichten.

Während sie es umrundeten, warf der Wächter zwei der angeketteten Fische in die Tiefe. Direkt darauf sah man zwei Körper kurz nacheinander in die Höhe schnellen und gleich danach im Wasser verschwinden. Jetzt tauchten sie also nach den Fischen. Schon wurden die Frauen unruhig, da es so lange dauerte, bis sie wieder hochkamen. Doch da, da waren sie ja wieder! Ein Aufatmen ging durch die Reihen, auch durch die der Männer.

Und schon kamen die Schwimmer wieder zurück, doch jetzt sehr viel langsamer als zuvor. Sie hatten reichlich Mühe, die prächtigen Fische – groß, schwer, glitschig - und sich selbst, schnellstmöglich zu befördern, ohne ihre Beute unterwegs zu verlieren. Ohne auch noch mehr Zeit und Kraft in eine erneute Bergung riskieren zu müssen. Der See war sehr tief, und wenn der Fisch einmal wegrutschte, konnte er auch schnell sinken. Schneller vielleicht, als der Taucher zu folgen in der Lage war.

Das alles ging mir durch den Kopf, während ich mit den anderen gemeinsam und total gespannt, dieses Schauspiel verfolgte.

Doch was war das? Da schien es plötzlich bei einem der beiden ein Problem zu geben. Er platschte, es spritzte und er riss eine Hand wie, um Hilfe rufend, in die Höhe. Nun geriet er sogar einige Male mit dem Kopf unter Wasser, was war da los? Die erhöht sitzenden Frauen hatten einen besseren Blick aufs Wasser und schrien entsetzt auf. Da konnte ich nicht mehr einfach nur untätig stehen bleiben. Entschlossen riss ich mir Hemd und Hose bis auf die Shorts vom Leib und rannte ins Wasser hinein. Kräftig legte ich mich ins Zeug und zog kraulend auf die Schwimmer zu, die noch ein großes Stück vom Ufer entfernt waren. Immer wieder sah ich, wie der Kopf des einen unter Wasser ging. Er hatte tatsächlich ein Problem, ich konnte es deutlich sehen. Doch wo war er jetzt? Kurz tauchte ich unter, um dort vielleicht mehr zu erkennen. Da! Kurz vor mir strampelte jemand wie wild herum. Gleich war ich bei ihm und packte seinen Kopf mit beiden Händen, ihn auf die Wasseroberfläche zu holen. Dabei achtete ich sehr darauf, nicht in die Reichweite seiner Hände zu geraten, die sich panisch an alles krallten, was sie finden konnten. Offensichtlich hatte er Todesangst. Dann tat ich das, was notwendig war, um nicht unser beider Leben zu gefährden. Entschlossen und mit einem gezielten Faustschlag schlug ich ihn bewusstlos, damit ich ihn gefahrlos abschleppen konnte. Meinen Rettungsschwimmer erst vor einem halben Jahr gemacht, schien mir dies wie eine Auffrischungsübung, wennschon ich den Ernst der Lage nicht verkannte.

Einige der Indianer waren mir ins Wasser gefolgt, um mir beizustehen, Urs allen voran. Doch das war nicht mehr nötig. Nur wenig außer Atem zog ich den Mann schließlich an Land und fing sofort an, ihn zu beatmen. Es war Bluejay. Sekunden später spuckte er Wasser. Da ließ ich mich auf den Boden sinken. Nun kümmerten sich die anderen um ihn, so dass ich mich ausruhen konnte. Um mich herum ein großes Stimmengewirr, alle schienen recht aufgeregt die Situation enträtseln zu wollen. Jetzt gelangte auch Wind wieder ans Ufer. Völlig fertig und wild atmend warf er den Rest seines Fisches – es war ihm nicht viel mehr als der Kopf geblieben - dann auch sich selbst auf die Erde. Sofort wurde ihm, wie auch Bluejay und mir, ein nahrhafter Kräutertrank gereicht. Noch waren die beiden zu erschöpft, um all die Fragen beantworten zu können, die jetzt auf sie einstürmten. Das einzige, was sie herausbrachten, war etwas von einem Ungetüm, das sie wegen ihrer Beute angegangen sei.

Schon kam der eine oder andere der Männer und schlug mir anerkennend auf die Schulter. Auch Urs klopfte mir auf den Rücken und reichte mir mein Hemd: „Ich wusste, dass du das schaffst, mein Freund! Ich bin sehr stolz auf dich!" Mein Blick wanderte zu Kira, während ich mir das Hemd zuknöpfte. Still lächelnd schaute sie zu mir herüber und hob leicht ihre Hand. Ich antwortete ihr in gleicher Weise.

Fürs erste war der Kampf ausgesetzt. Die Alten berieten sich über die weitere Vorgehensweise. Was sie von den Schwimmern erfuhren, dass sie nämlich ihrer Beute, die sie tapfer verteidigt hatten, schließlich doch durch einen großen Raubfisch verlustig geworden waren, stimmte sie nachdenklich. Schließlich entschieden sie sich dazu, nach einer zunächst angesetzten, etwas längeren Pause, zuerst die anderen Sportarten absolvieren zu lassen und sich dann später hierzu zu äußern.

Die ganze Versammlung war auch viel zu aufgeregt, um sich sogleich darauf zu konzentrieren. Die Luft schwirrte noch von Stimmen, die wild durcheinanderredeten. Urs sorgte wiederum für mein leibliches Wohl. Und diesmal konnte ich mich so richtig sattessen, denn die nächsten Ausscheidungen verlangten weniger besondere Beweglichkeit und Stärke, als vielmehr ein gutes Augenmaß.

Dazu wurde nun ein weiteres Mal der Platz gewechselt.

Als die Trommeln ertönten, sammelten sich alle zum Bogenschießen vor einem großen Baum, an dem eine Zielscheibe hing, die wir mit unseren Pfeilen treffen mussten.

Wieder zogen wir zur Gegnerwahl je einen Pfeil-Schaft aus dem Boden. Diesmal war Wind mein erster Mann.

Urs und ich hatten in den vergangenen Wochen immer mal wieder ein wenig geübt, so dass ich auch in dieser Sportart, ebenso wie im Speerwerfen, einigermaßen geschult war. Doch das hatten natürlich auch alle anderen getan. Etwas angeborenes Geschick musste schon dazukommen. Doch ohne mich zu rühmen, konnte ich sagen, dass ich ein gutes Augenmaß besaß.

Die große dunkle Trommel ließ ihren Klang erschallen – Wind und ich machten uns bereit und stellten uns auf die vorgegebene Linie. Beide überprüften wir unsere Bögen und die Pfeile, die für jeden von uns eine andere Farbe hatten, um sie auf der Schieß-Scheibe unterscheiden zu können. Ein Trommelwirbel ertönte – wir spannten die Bögen – und überließen unsere Pfeile den Göttern der Luft. Wind, der dank seines Namens wie prädestiniert schien für diese Sportart, machte denn auch tatsächlich seinem Namen alle Ehre. Jeder schoss sofort fünf Pfeile ab, dann gingen die Richter nachsehen und notierten die Ergebnisse. Nach kurzem Punktevergleich sollte das Ergebnis verkündet werden.

Doch dies war anscheinend nicht so leicht abzulesen, oder aber kaum unterscheidbar, so dass noch einmal genau nachgemessen werden musste. Die Schiedsrichter begaben sich erneut zum Baum, um nun gemeinsam alles noch einmal zu überprüfen. Wir sahen gespannt zu ihnen herüber, doch sie redeten immer noch.

Schließlich kamen sie zurück und verkündeten, es müsse noch drei Klärungspfeile geben, um die Ergebnisse voneinander abgrenzen zu können.

Jeder bekam also drei weitere Pfeile, die diesmal abwechselnd und nacheinander abgezogen, und sofort vom Richter gewertet wurden. Einer von Wind, einer von mir usf.

Ergebnis a) 1:0 für mich

Ergebnis b) 0:1 für Wind

Mir stockte der Atem, als jetzt das letzte Ergebnis bevorstand, und da war es schon:

Ergebnis c) 1:0 für mich

„Yeah!", das kam von Herzen.

„Es war knapp. Gut gekämpft, Wind", ich gab ihm anerkennend die Hand. Doch der hatte nun zwei Niederlagen zu verzeichnen, würde also bei der nächsten bereits ausscheiden. Ich selbst konnte erst einmal aufatmen, musste aber gleich schon wieder einen Ausscheidungskampf bestehen.

Erneut tönte die Trommel. Crow und Bluejay waren an der Reihe. Ich hatte mich bereits darauf eingestellt, gleich wieder auf Crow zu treffen, doch diesmal kam es anders. Vielleicht hatte er sich zu sicher gefühlt oder war nicht bei der Sache gewesen. Es ging ganz schnell, dass Bluejay ihn bezwang. Ich sah Crow an, dass er nicht damit gerechnet hatte. Wieder stieß er missmutig mit dem Fuß etwas weg und zog damit die Aufmerksamkeit einiger Stammeskollegen auf sich, die sich kopfschüttelnd abwandten. Einer der Alten ging zu ihm und redete eine Weile auf ihn ein.

Dann trat ich gegen Bluejay an. Der hatte sich kurz vorher noch bei mir für seine Rettung bedankt. Er fühlte sich mir anscheinend sehr verpflichtet, was sich sofort auf seine Leistung auswirkte. Wieder einmal staunte ich darüber, welch großen Einfluss die Psyche auf uns hat. Bluejay unterlag zum zweiten Mal und würde daher ebenfalls bei der nächsten Niederlage ausscheiden.

Kurze Pause bis zum Speerwurf.

Dazu hatte man ebenfalls ein Ziel in einiger Entfernung zu treffen. Keine leichte Aufgabe.

Wieder losten wir aus und ich zog diesmal Wind als Gegner. Wir hatten auf ein totes Ferkel zu zielen. Wenn der Speer darin stecken blieb, bekamen wir einen Punkt. Fünf

Versuche standen uns offen. Wir legten sofort los, nachdem die Trommeln den Start verkündeten.

Mein erster Wurf ging daneben. Darauf suchte ich, mich besser zu konzentrieren, was auch half. Die nächsten drei Würfe erreichten ihr Ziel allesamt. Wind dagegen traf sofort. Auch der zweite, dritte, vierte gingen ins Ziel. Dann der letzte Wurf, beinahe schon der vermeintliche Sieg – er ging daneben. Wieder ein Patt, das es zu klären galt.

Noch einmal standen drei Versuche für jeden an. Wind traf, ich patzte, Wind traf erneut, ich aber jetzt auch, Wind traf ein drittes Mal und gewann.

„Komm, mach dir nichts draus. Jetzt hast du Zeit, dich auszuruhn". Urs zog mich zur Seite.

Bis auf Crow hatten jetzt alle bereits zweimal gepatzt und waren in Gefahr, beim nächsten Mal auszuscheiden.

Es wurde ausgemacht, sich in einer Stunde wieder am Wasser zu treffen, wo alles Weitere bekannt gegeben würde. Urs und ich gingen zurück zum Zelt und setzten uns auf die Matten. „Leg dich ruhig hin", meinte er zu mir, „du wirst all deine Kräfte noch brauchen". Ich machte mich lang und atmete tief aus. Dann schloss ich die Augen. „Brauchst du noch etwas?" Ich schüttelte den Kopf.

„Ich werde schauen, was es draußen Neues gibt. Komme dann später und hole dich wieder ab! Versuch jetzt, etwas zu ruhen, Vito! Und keine Grübeleien, es ist alles gut, hörst du?!"

„Ja, alles klar, Urs!", lächelte ich, bevor ich mich auf die Seite drehte. Nun erst spürte ich meine Erschöpfung.

Kurz darauf kam Urs bereits wieder ins Zelt. „Was ist los?", murmelte ich.

„Die Stunde ist rum, gleich geht es weiter."

„Schon?", wunderte ich mich und rappelte mich langsam hoch. „Dann muss ich wohl doch kurz eingenickt sein". Gähnend streckte ich mich. „Bin mal gespannt, was die sich für die anstehende Ausscheidung überlegt haben, hast du schon was erfahren können?"

„Nein, die verraten noch nichts. Aber wir werden's ja gleich erfahren. Komm!"

Gemeinsam verließen wir das Zelt und begaben uns auf ein Neues zum Versammlungsplatz am See. Langsam füllte sich dort der Platz, und als wir ankamen, wurden wir von allen respektvoll gegrüßt. Suchend glitten meine Augen über die Menge zu den Frauen hinüber, doch Kira war noch nicht unter ihnen. Ein Schreck durchfuhr meine Glieder. „Was ist mit Kira? Urs, was ist mit ihr?", stieß ich ihn an, doch er zog nur die Schultern hoch, als wisse auch er nichts darüber.

„Sie wird schon noch kommen, Vito."

„Geh, frag bei den Frauen nach, Urs!" Als er mich nur unentschlossen anschaute, wurde ich dringlicher. „Urs, bitte!"

„Also gut, Vito. Ich werd mal nachfragen", antwortete er gedehnt und ging hinüber zu den Frauen, um eine davon anzusprechen. Ich sah, wie er ihren Ausführungen ernst zuhörte, sich dann bei ihr bedankte und wieder zurück-kam.

„Was ist, was hat sie gesagt? Ist etwas mit Kira?", be-stürmte ich ihn.

Urs räusperte sich, bevor er antwortete: „Nichts Ernstes, Vito. Nichts Ernstes. Ihr ist die ganze Aufregung wohl auf den Magen geschlagen, weißt du?" Er schwieg.

In mir geriet plötzlich alles durcheinander. Ganz langsam versuchte ich zu sortieren, was Urs da gesagt hatte. „Meinst du, ähm, glaubst du, sie ist tatsächlich . . .?" Da Urs weiterhin schwieg: „Hat sie den Frauen was aufgetra-gen?" Er antwortete nicht. „Keine Antwort ist auch ne Antwort", seufzte ich auf. „Ich hoffe, es steht ihr jemand bei!" Da nickte Urs, was mich einigermaßen erleichterte. „O.K., ich glaub, es geht wieder los." Schon schickten sich die Trommler an, die Alten anzukündigen.

Nach dem letzten Ton erhob sich einer von ihnen, um das weitere Vorgehen bekannt zu geben:

„Ich begrüße erneut die Kämpfer, es sind alle erschienen, wie ich sehe. Nachdem Vito sich so ehrenhaft eingesetzt hat . . . " Zustimmende Rufe wurden laut, so dass er neu ansetzen musste. „Nach Vitos Einsatz also mussten wir uns etwas Neues für die Fortsetzung unserer Austragung einfallen lassen. Etwas, das nicht mehr ganz so anstren-gend und gefährlich ist, da alle, außer Crow, schon sehr kräftezehrende Aufgaben zu erfüllen hatten." Ein zustim-mendes Raunen erklang. „So haben wir uns gedacht, wir belassen es bei einem einfachen Wettschwimmen bis zum Boot, darum herum und wieder zurück. Dazu haben wir das Boot ein wenig näher ans Ufer herangeholt, um die Distanz zu verkürzen."

„Ja! Ja! So machen wir´s! So ist es gut!", erscholl es von allen Seiten. Auch ich war erleichtert. Etwas anderes hätten auch Bluejay und Wind nicht noch einmal verkraftet. Crow wäre klar im Vorteil gewesen. So aber waren wir´s zufrieden und gingen zur Ziehung der Pfeilschäfte über, um die jeweiligen Gegner neu zu ermitteln. Diesmal zog ich mit Crow gleich, er war mein Gegner, jetzt sofort. Ich entkleidete mich wiederum bis auf die Shorts, doch das Amulett behielt ich um den Hals, es sollte mich schützen und würde mich beim Schwimmen nicht stören. Kurz schaute ich zum Himmel, fuhr mit den flachen Händen langsam über mein Gesicht, mich zu sammeln und war bereit, mich voll und ganz für Kira und für unsere kleine Familie, so es denn sein sollte, einzusetzen, ja, auch dafür zu kämpfen.

Es ging los. Beim letzten Ton der Trommel sprangen Crow und ich mit großen Sätzen ins Wasser, bevor wir zu schwimmen begannen. Auch wenn die Strecke diesmal kürzer war, suchte ich meine Kräfte gut einzuteilen und nicht gleich in Panik zu verfallen, wenn der Gegner vorne lag. Doch ich musste bedenken, dass Crow sicherlich noch mehr Kraftreserven besaß als ich, darum durfte ich ihn nicht zu weit wegziehen lassen. Und, wie ich bemerkte, legte er es genau darauf an, den Abstand so groß werden zu lassen, dass ich ihn zum Ende nicht mehr einzuholen vermöchte. Doch das konnte er sich abschminken, ich würde ihn gewiss nicht gewinnen lassen, das schwor ich mir! Ich erlaubte ihm nicht, mehr als ein paar Längen vorauszueilen. Auch, wenn ich ihm das Tempo überließ, gelang es ihm nicht, mich abzuschütteln und den

Abstand auszuweiten. Ich spürte, wie er anzog und es immer wieder versuchte, doch ich ließ ihm keine Chance dazu. Natürlich wusste ich, dass es zum Ende hin noch einen Kampf geben würde. Die Längen waren aufzuholen und deutlich zu übertrumpfen, daher zog ich so ruhig und kräfteschonend wie möglich meine Bahn. Schon tauchte das Boot auf, welches wir kurz nacheinander umrundeten, bevor es zurückging. Noch fühlte sich Crow wohl sicher, doch je mehr wir uns dem Ufer näherten, desto öfter schaute er sich nach mir um. Das kostete ihn Zeit, aber auch so hatte ich mein Tempo bereits leicht angezogen, so dass ich ihm immer näherkam. Er aber schien sich schon leicht verausgabt zu haben, denn der Abstand zwischen uns wurde immer kleiner. Schon hörte man die anfeuernden Rufe der Männer an Land. Nun gab auch Crow noch einmal alles, so dass mir nichts übrigblieb, als meine Anstrengungen zu verdoppeln und zum Endspurt überzugehen. So holte ich immer weiter auf, kam ihm näher und näher, nur noch einige Längen – schon wieder fühlte sich Crow seines Sieges sicher – doch das würde ich nicht zulassen. Ich hatte meine Kräfte gut kalkuliert, und außerdem dachte ich jetzt nur noch daran, für wen ich hier kämpfte. Kira war mein Impulsgeber! All meine Kräfte sammelnd schoss ich auf den letzten Metern an Crow vorbei direkt aufs Ufer. Ge-won-nen! Puh!

Jubel brach los, und ich hob lächelnd meinen Kopf. Urs kam zu mir gerannt und half mir auf. Freudestrahlend fuhr er mir durchs Haar und rubbelte es mit einem Handtuch trocken. Ich boxte ihn leicht in die Seite, dann setzten wir uns, den nächsten Kampf nicht zu versäumen. Jetzt hatte also auch Crow das zweite Mal verloren, so dass es einen Gleichstand gab.

Gerade stürzten sich auch Bluejay und Wind ins Wasser. Sie überholten einander mehrmals, bis schließlich Wind verlor und damit als erster ganz ausschied. Somit hatte ich nach der Pause im Ausscheidungskampf gegen Bluejay anzutreten. Inzwischen würde jeder Kampf über Bleiben oder Gehen entscheiden.

Wieder ausruhen und Kräfte sammeln. Urs sorgte gut für mich, indem er, neben den leiblichen, auch meine psychischen Kräfte aufrief, und mir damit half, mich immer wieder neu auf mein Ziel zu konzentrieren.

Als wir eine halbe Stunde später am See erschienen, war auch Kira wieder unter den Zuschauern. Ich hob erfreut meinen Arm und entlockte ihr damit ein Lächeln. Kurz berührte ich mein Amulett mit den Lippen. Ich fühlte mich wie beflügelt, weil sie dabei war.

Auch Bluejay war ein guter Schwimmer, doch ließ ich mir meinen Schneid nicht abkaufen. Die anderen hatten schon längst gemerkt, wie wichtig mir Kira war, und dass umgekehrt auch ich Kira keineswegs gleichgültig schien. So hielt sich jetzt der Ehrgeiz meiner Gegner immer mehr in Grenzen. Es wurde mir nicht mehr ganz so schwer, mich gegen sie zu behaupten, so dass Bluejay nun ebenfalls ausschied. Blieben nur noch Crow und ich. Wir sollten uns im Tauchen bewähren. Doch zuvor blieb uns eine halbe Stunde Pause. Es war bereits Abend, als wir zu unserem letzten Kampf antraten.

Crow gegen Vito!

Die Spannung stieg beträchtlich. Es lag ein Knistern in der Luft wie vor einem Gewitter, dessen Elektrizität sich nur zu bald entladen musste.

Die Bedingungen des Kampfes wurden detailliert erläutert.

Etwa fünfzig Meter vom Ufer entfernt wurde eine Boje gesetzt, an deren Halteseil in ungefähr vier Metern Tiefe ein perlenbesticktes Stirnband als Trophäe angebunden war. Es sollte derjenige einen Punkt gewinnen, der es nach Anbringen eines mitzunehmenden Pfandes, zum Strand zurückbrachte.

Letztendlich hatten dann die Schiedsrichter den endgültigen Sieger zu küren.

Das sah nach einem ernsthaften Kampf aus. Sogleich bei Verkündigung ging denn auch ein mitleidiges Aufstöhnen durch die Reihen.

„Lass ihn nicht aus den Augen, Vito, er wird jeden Trick anwenden", raunte mir Urs zu. Ich nickte.

Auf den Trommelschlag genau starteten wir gemeinsam und zerteilten das Wasser mit unseren Schlägen, um möglichst als Erster beim Ziel anlangen und abtauchen zu können. Wenn wir beide gleichzeitig am Band ankamen, würde es ungleich schwerer werden, es auch für sich zu behaupten. Kurz konnte ich Crow im Spurt hinter mir lassen, die Boje anschlagen, tief die Luft einsaugen und abtauchen. Ich tastete mich am Seil hinab, tiefer und tiefer. Es schien weiter als erwartet. Das Seil erzitterte, schon sah ich Crows verdunkelnden Schatten hinterherkommen. Ich beeilte mich noch mehr – da, da war ja das Perlenband.

Gerade konnte ich noch mein Pfand am Seil befestigen und wollte schon nach dem Band greifen, da traf ein heftiger Schlag meinen Kopf und es wurde dunkel um mich.

Dieser stechende Schmerz, er erfasste mich ganz. Ich stöhnte auf und griff nach meinem Kopf.

„Er lebt, ja, er wacht auf!"

„Vito, mein Bruder! Komm zurück zu uns, denk an Kira!"

Ich versuchte, mich hochzustemmen, doch es ging nicht.

„Warte noch, du musst deinen Kopf schonen. Bleib liegen!"

Ergeben ließ ich mich wieder sinken und überantwortete mich den hilfreichen Händen, die nun für mich sorgten. Ich spürte mich emporgehoben und ins Zelt getragen. Jemand legte mir etwas Kühlendes auf die Stirn, dann schwanden mir erneut die Sinne.

Lange wanderte ich durch völlige Dunkelheit.

Irgendwann wurde es langsam heller, und ich rührte mich ein wenig, lebte ich überhaupt noch?

Sofort legte sich mir eine kühle Hand auf die Stirn und die Stimme einer Frau flüsterte mir etwas zu. Wer war das? Sie kam mir bekannt vor. Doch alles war so mühsam . . .

Ich musste wieder eingeschlafen sein. Zeit verstrich, viel Zeit. Waren es Stunden, waren es Tage? Schließlich kam ich zu mir, war wieder klar und bei Bewusstsein.

Als erstes blickten meine erwachenden Augen in die meiner Angebeteten. Kira hatte abwechselnd mit Urs bei mir Wache gehalten und freute sich jetzt unbändig, mich so lebendig vor sich zu sehen. „Hey, Vito, schön, dich wieder bei uns zu haben! Wir haben uns solche Sorgen um dich gemacht."

Ich lächelte selig. „Kira, du bist da, endlich!"

Erst langsam wurde mir bewusst, was geschehen war. Doch noch fehlte mir ein Stück meiner Erinnerung.

Erst am nächsten Tag kehrte zurück, was bis zu dem Schlag auf meinen Kopf geschehen war, und sofort fragte ich nach: „Was war dann, was geschah danach?"

Sie brachten es mir nach und nach bei, damit ich mich nicht aufregte. Wie ich zunächst nicht mehr auftauchte, nachdem Crow schon wieder auf dem Rückweg war. Wie Urs mit zwei anderen zu meiner Rettung aufbrach, mich auf dem Grunde des, an dieser Stelle zum Glück nicht viel tieferen Wassers, bewusstlos auffanden und zurückbrachten. Nur nach ausgiebigen Wiederbelebungsversuchen hatten sie das kleine Fünkchen Leben in mir neu anfachen können.

Crow, darauf angesprochen, stellte sich ganz unschuldig, er habe nichts bemerkt und könne dazu nichts sagen. Schließlich sei er nicht als mein Hüter, sondern als mein Gegner losgezogen.

Man habe noch mein angebundenes Pfand dort gefunden. Da Crow ja direkt nach mir abgetaucht sei, und ich eine Wunde nach einem Schlag auf den Kopf aufwies, könne man beinahe mit Sicherheit davon ausgehen, dass dieses

mit Crow zusammenhängen müsse. Doch ihm das nach-
zuweisen, das sei wohl nicht möglich. Und so wurde der
Kampftag zunächst als offen beendet, und alles Weitere
auf später vertagt. Sobald ich mich erholt hätte, würde
weiter entschieden.

Kapitel 9

Als sich herumgesprochen hatte, dass ich aufgewacht war, und zwar noch Schonung brauchte, aber wieder auf den Beinen sei, wurde eine neue Versammlung einberufen, bei der über die weitere Verfahrensweise bezüglich des Wettbewerbs und über meine Aufnahme in den Stamm entschieden werden sollte.

Die ganze Zeit über hatte sich Kira sehr um mich bemüht. Ihrer liebenden Fürsorge hatte ich es zu verdanken, dass ich mich so gut und so schnell erholte. Waren wir uns bislang doch noch recht fremd geblieben, so kam es jetzt dazu, dass wir uns in dieser Zeit immer besser kennenlernten. Da war ja vorher nur die erste Begegnung im Bus, in der wir zumindest etwas miteinander reden konnten, während wir uns zu den Versammlungen zwar sehen, aber nicht miteinander sprechen durften. So hatte jeder von uns sich ein Bild vom anderen gemacht, welches es nun zu überprüfen galt, und dessen Leerstellen auszufüllen waren. Konnte es der Wirklichkeit standhalten, oder war es nur ein Traumgespinst? Wir waren in der Zwischenzeit recht neugierig aufeinander geworden, und so erfuhr ich zum Beispiel, das Kira selbst keine Angehörigen mehr hatte. Fragen und Antworten jagten sich; kaum tauchten sie bei dem einen auf, saugte der jeweils andere die Worte förmlich von dessen Lippen hinweg, so begierig waren wir aufeinander. Immer öfter auch berührten wir uns wie zufällig. Anfangs erschraken wir noch, doch mehr und mehr suchten wir diese Momente, ja, sehnten sie herbei. Wir brauchten die gegenseitige Nähe immer öfter. So kam es, dass wir zur Stunde der Versammlung für alle eine derart traute Verbundenheit ausstrahlten, dass es offensichtlich war, wie sehr wir uns mochten. Kira hatte sich ganz augenscheinlich bereits entschieden – wozu also noch ein Wettkampfergebnis?

Schon sahen sich einige wenige Stammesmitglieder zu der Bemerkung veranlasst: „Das Kontaktverbot ist ja wohl offensichtlich ignoriert worden!", doch sie fanden wenig Widerhall. Die meisten schauten vielmehr mit einem gewissen Wohlgefallen auf das junge Paar und schienen gerne bereit, dessen Wahl anzuerkennen.

Aber wo war Crow? Schon wieder ließ er die anderen auf sich warten. Doch dieses Mal eröffnete der Häuptling die Runde ohne ihn. Auch wenn er sich seine Verärgerung darüber nicht anmerken ließ, gab es keinen Zweifel daran, dass er dieses Verhalten nicht länger tolerieren würde. „Wie ihr alle inzwischen wisst, konnte unser junger Freund Vito seinen Sieg nicht nach Hause bringen, weil ihm buchstäblich etwas zugestoßen ist, oder besser gesagt, es wurde ihm ein Stoß versetzt, der ihn beinahe das Leben gekostet hätte."

Zustimmendes, wie ärgerliches Gemurmel erhob sich. „Vito, du hast den Sieg verdient! Du bist ein guter Kämpfer!"

Der Häuptling griff das sofort auf: „Ja richtig, Vito hat sich als ein guter und ehrlicher Kämpfer erwiesen. Mehr noch und nicht zu vergessen, er hat Bluejay aus dem Wasser gerettet! Wir alle sind ihm zu Dank verpflichtet!" Er legte eine Pause ein, bevor er hinzufügte: „Und schon aus diesem Grunde ist er es wert, in unsere Stammesgemeinschaft aufgenommen zu werden - Ist jemand anderer Meinung, dann möge er jetzt sprechen, ich gebe die Runde frei." Als alle schwiegen, hub er noch einmal an: „Wer ist dafür, Vito in unseren Stamm aufzunehmen, der hebe die Hand?" Er schaute aufmerksam in die Runde. Fast alle Hände reckten sich sogleich in die Höhe. „Somit erkläre ich Vito kraft meines Amtes zu unserem Stammesbruder!"

Darauf brach ein wildes Freudengeheul los und alle fingen sogleich an, mich zu umkreisen. Nur meinem gesundheitlichen Zustand war es wohl zu verdanken, dass ich nicht im Triumphzug auf Schultern umhergetragen wurde. Beinahe alle freuten sich mit mir. Ich sage, *beinahe*, denn es gab ein paar, ein kleines Grüppchen junger Leute, die sich weigerten, mich als ihresgleichen anzuerkennen. Es waren dieselben, die oft mit Crow zusammensteckten.

Als sich der Tumult etwas gelegt hatte, bat der Häuptling Kira und mich zu sich nach vorne. Alles wurde still, als er fragte:

„Chiara, es ist nun deine Sache zu entscheiden, ob du Vito, der sich um dich beworben hat, nun zu deinem Mann und zum Vater deiner Kinder erwählst oder nicht. Wir alle werden deine Entscheidung respektieren, antworte *jetzt*!"

Alle Augen, insbesondere meine, richteten sich gespannt auf Kira. Ein kaum zu beschreibender Jubel brach los, als sie auf mich zutrat und mich auf den Mund küsste. „Ja, ich will mit Vito zusammenleben!"

Was brauchte ich mehr als dieses eine Wort, ich war glücklich. Ihre Taille umfassend, hob ich sie kurz in die

Höhe. Auch, wenn ich sie gerne vor Freude ganz herumgewirbelt hätte, war mir selbst dies noch eine große Anstrengung.

„Vito, du musst dich noch schonen, übernimm dich nicht!", kam denn auch die prompte Ermahnung von Kiras Seite. Besorgt schaute sie mir ins Gesicht, und ich musste ihr Recht geben, denn mir wurde im selben Moment beinahe schwarz vor Augen. Folgsam setzte ich mich also hin und lehnte mich glücklich an ihre Schulter. Langsam ließ das Schwindelgefühl nach.

Urs nahm uns beide in den Arm und gab uns all seine guten Wünsche mit auf den Weg. „Ich werde euch noch oft mit meiner Gegenwart beehren."

Gerade, als Kira mich wieder zurück zum Zelt bringen wollte, ertönte ein Warnruf. „Da! Feuer, Feuer, es brennt!"

Aufgeschreckt spähten alle umher. „Oben im Wald! Es muss bei Alruns Haus sein!" Deutlich zeichnete sich eine Rauchsäule am blassen Himmel ab. Alle Männer rannten sofort, mit Äxten bewaffnet, los, während mir beinahe das Herz stehenblieb. Das Grünland? Oder das Haus? Es durfte einfach nicht wahr sein! Und ich war außerstande, mich auf den Weg dorthin zu machen. „Urs, bitte halt mich auf dem Laufenden, ich muss wissen, was da los ist, hörst du!"

„Aber natürlich, Vito! Leg dich jetzt lieber wieder hin!", sprach´s und verschwand. Ich atmete auf, Urs würde alles regeln, da war ich sicher. Und er würde mir sobald wie möglich berichten. Erschöpft sank ich zurück auf mein Lager und schloss die Augen.

Kira zog vorsichtig die Decke über mir zurecht. „Ich schaue später wieder nach dir, Vito." Sanft strich sie mir übers Haar. Ich nickte ergeben und genoss ihre Fürsorge, auch wenn mich die Sache mit dem Feuer nicht losließ.

„Werde mich in Geduld üben."

Dann war ich allein.

Mir schwirrte der Kopf, und das nicht nur wegen der Verletzung. Die Aufnahme in den Stamm, das Feuer, und immer wieder Kiras Ja! Ja! Sie hatte Ja gesagt!

Meine Frau, Kira!

Zärtlichkeit durchströmte mich und pures Glücksgefühl – wenn da nicht das Feuer wäre . . .

Alle Männer, außer den alten, waren jetzt dort oben und suchten es einzudämmen. Die Frauen stellten unterdes einen großen Topf mit stärkender Suppe bereit.

Ich dachte an das Haus, das ich für meine kleine zukünftige Familie ausbauen und das wir bewohnen wollten. Es war eine so schöne Vorstellung gewesen, meine Erinnerungen an Alrun darin mit uns weiterleben zu lassen. War nun vielleicht alles dahin? Oder das Grünland, zunichtegemacht? Es würde Jahrzehnte dauern, bis es sich davon erholte. Wo sollten wir nun wohnen? So schnell könnte sicher kein neues Haus zusammengezimmert werden. Und das nötige Geld?

Meine Eltern wussten noch nicht einmal die Hälfte von all dem, was sich in der letzten Zeit alles zugetragen hatte und mich betraf, ihren einzigen Sohn. Warum hatte ich mich ihnen so vorenthalten? Jetzt würde sie alles zusammen wie eine Walze überrollen.

Natürlich wollte ich ihnen auch nicht zu viel zumuten, noch ihnen wehtun, aber ich hätte zumindest schon mal andeuten können, was sie in der Zukunft erwartete. Ich war feige gewesen, oder noch unsicher?

Bevor ich meine Meinungen und Entschlüsse verteidigen konnte, musste ich mir selber ja erst mal klar darüber sein.

Wie würde ich meinem eigenen Sohn oder meiner Tochter begegnen? Könnte ich sie ihre eigenen Entscheidungen treffen lassen, ohne mich zu sehr einzumischen?

Ich lächelte. Das würde mich vielleicht nur zu bald schon die Zukunft lehren.

Aber zurück zu meinen Eltern. Sie galt es jetzt, in alles einzuweihen. Auch mit den Universitäten hatte ich noch einiges bezüglich des Wechsels zu klären, obwohl ich das Wichtigste schon eingestielt hatte. Und meine Heirat mit Kira, diesen wichtigen Schritt auf unserem Weg, den galt es, würdig zu begehen! Sobald das mit dem Feuer geklärt war, wollte ich mit Kira über uns sprechen.

Mein Kopf schmerzte.

All diese Gedanken erschöpften mich so, dass ich schließlich doch noch einschlief.

Ich wusste nicht, wieviel Zeit inzwischen vergangen war. Horchend hob ich den Kopf. Es schien mir so still, dass es fast unheimlich war. Unruhig erhob ich mich, um nachzusehen. Als ich die Matte des Zeltes zurückschlug, stockte mir der Atem, und mein Herz krampfte sich zusammen. In einer langen Reihe niedergestreckt, lagen dort die Indianer auf dem Boden; völlig erschöpfte, rauchgeschwärzte Körper. Keiner von ihnen klagte oder sprach ein Wort, nur an einigen schmerzverzerrten Gesichtern konnte man ablesen, dass sie außer der Erschöpfung und Trauer noch anderes zu beklagen hatten. Das Feuer hatte an ihren Körpern seine Spuren hinterlassen, die die Frauen nun zu beheben oder wenigstens zu lindern suchten.

Auf meiner Suche nach Urs schritt ich die Reihe ab. „Habt ihr Urs gesehn? Wisst ihr, wo Urs steckt?", wiederholte ich meine bange Frage. Doch konnte mir niemand Aufschluss darüber geben. Eben, dort oben, sei er noch dabei gewesen, um gemeinsam mit ihnen gegen die alles verzehrende, rotglühende Feuersbrunst zu kämpfen.

Da kam Kira auf mich zu.

„Kira, mein Liebes, weißt du, wo Urs abgeblieben ist?"

Sie schüttelte stumm den Kopf. Auch sie schien sich bereits Sorgen um ihn zu machen.

„Schnell, erzähl mir kurz, was du über den Brand weißt. Ich muss Urs suchen gehen!"

„Vito, du kannst doch nicht . . ."

„Ich kann ihn nicht im Stich lassen, wenn er meine Hilfe braucht – gib mir einen kurzen Bericht, bitte!" Ich zog sie an mich. „Ich muss ihn finden!"

Sie sah mich ernst an, dann nickte sie. Schnell gab sie mir einen Überblick vom bisherigen Geschehen, soweit sie darüber informiert war. Dann strich sie mir zärtlich über die Wange und küsste mich: „Pass auf dich auf, Vito, du musst dich noch schonen! Und nimm noch ein paar Leute mit, geh nicht allein!"

„Das werde ich." Ich drückte sie kurz an mich, dann lief ich los.

Ein paar der Männer, die nicht so schwer von dem Feuereinsatz beeinträchtigt waren, erklärten sich sofort bereit, mit mir nach Urs zu suchen. Wir nahmen Äxte und etwas Wasser mit und machten uns auf den Weg.

Sie hatten gesehen, wie Alruns Haus vollständig niedergebrannt war, ohne etwas davon retten zu können. Auch etliche Bäume in der Nähe des Anwesens mussten dran glauben.

Als wir dort ankamen, bot sich mir ein trauriges Bild. Wie eine schwere Last legte es sich auf meine Brust, als ich die schwarzen, verkohlten Reste sah. Doch ich musste meine Trauer darüber auf später verschieben. Die Angst um Urs, ließ mir keine Ruhe mehr. „Urs! Urs, wo steckst du?", riefen wir ein ums andere Mal und horchten auf eine Antwort. Doch nichts. Wir konnten ihn einfach nicht entdecken. Da hielten wir inne und berieten uns.

Wir mussten fortan strategischer vorgehen. Um nichts zu übersehen, teilten wir das Gelände in Abschnitte auf, die wir der Reihe nach durchsuchen wollten. Zwischendurch riefen wir immer wieder laut seinen Namen und lauschten auf ein Echo.

Dabei war das Gelände nach dem Brand recht übersichtlich geworden. Wir hatten beinahe schon alles abgesucht – mir wurde das Herz ganz schwer und auch mein Kopf schmerzte wieder – da vermeinte ich ein leises Klingen zu vernehmen. „Oh Alrun, hilf uns!", entfuhr es mir sogleich, doch ich schöpfte auch neuen Mut.

Wachen Auges ließ ich meinen Blick schweifen, ob sich irgendetwas rege. Plötzlich hielt ich inne. War es eine Sinnestäuschung, oder hatte sich da etwas bewegt? „Ich hab was gesehn! Schnell, da vorn!"

Sofort sprangen die anderen hinzu. Ich folgte ihnen, so schnell es mir in meinem Zustand möglich war.

Ein Triumphschrei und heftiges Winken löste unser aller Anspannung. „Er ist´s, Urs ist hier!"

Und da lag er, beinahe so schwarz wie seine Umgebung. Ich sank in die Knie: „Gott sei Dank, du lebst!" Ich wischte mir mit dem Ärmel eine Träne von der Wange.

Urs verzog sein Gesicht und stöhnte leise. Das alte Sprichwort stimmte ja nicht! Auch ein Indianer kennt sehr wohl den Schmerz.

„Bist du verletzt, was fehlt dir?"

Er ächzte nur.

„Wir müssen ihn tragen!", rief ich und riss mir die Jacke vom Leib. Meine Begleiter schlugen ein paar lange Äste und bauten daraus eine notdürftige Trage, auf die wir meine Jacke knüpften. Vorsichtig hoben wir Urs hoch und legten ihn darauf. Dann machten wir uns auf den Rückweg, immer darauf bedacht, unseren verletzten Bruder möglichst zu schonen.

Der Häuptling hatte inzwischen dafür gesorgt, dass alles für eine bestmögliche Behandlung vorbereitet war. Doch obwohl der Medizinmann sich sofort um Urs kümmerte, kam man zu dem Schluss, dass er in einem Krankenhaus besser aufgehoben sei. Wahrscheinlich sei eine Operation, eines Knochenbruchs wegen, unumgänglich.

„Ja, ich glaube, das ist besser", nickte Urs ergeben. „Danke, Vito!"

„Lieber Bruder, ich habe doch gespürt, dass du Hilfe brauchst." Ich legte ganz vorsichtig meinen Arm um ihn.

„Das Haus – es tut mir so leid für dich, Vito", flüsterte er.

„Hauptsache du wirst wieder heile, alles andere werden wir gemeinsam bewältigen. Halt die Ohren steif, hörst du? Wir sehen uns bald wieder!". Ich strich ihm das angesengte Haar aus der Stirn. Nachdem er einen Kräutertrank mit schmerzstillender Wirkung getrunken hatte, legten zwei der Indianer ihn auf die Rückbank des Geländewagens und brachten ihn nach Duluth ins Krankenhaus.

Nach all der Aufregung kam ich endlich zum Gespräch mit Kira.

Wieder einmal ging mir auf, wieviel Glück ich hatte, ihr begegnet zu sein. Erneut spürte ich ein Gefühl der Dankbarkeit darüber in mir aufsteigen und nahm ihre Hand in die meine.

Der Häuptling hatte dafür gesorgt, dass sich die Reservatspolizei auch mit den anderen staatlichen Behörden in Verbindung setzte, um die Ursachen für den Brand aufzuklären.

Gerade kamen sie von ihrer Begutachtung des Brandherdes ins Dorf hinunter und setzten sich mit dem Häuptling und dem Ältestenrat zusammen, um ihre Erkenntnisse mitzuteilen.

„Was glaubst du, Vito, ist es Brandstiftung gewesen?"

Ich hob den Blick und schaute Kira nachdenklich an. „Was soll sich denn da ganz von selbst entzündet haben?" Ich fuhr mit meinem Finger zart über ihren Arm. „So heiß und trocken ist es ja auch noch nicht. Es muss ja Brandstiftung gewesen sein. - Wo ist eigentlich Crow abgeblieben? - Versteh gar nicht, was in dessen Kopf so alles vor sich geht."

„Er war immer schon schwierig. Hat früh seinen Vater verloren, vielleicht hat es damit zu tun", merkte Kira an.

„Hm. Ist nicht leicht, seinen Vater zu verlieren.

Mag mir das gar nicht vorstellen."

Etwas wie Mitleid, nein, es war eher Verständnis, stieg in mir hoch. Doch auch wenn mir die Ursachen für Crows Verhalten klarer wurden, so konnte ich es doch keineswegs tolerieren. Falls! Ja falls er auch nur irgendetwas mit dem Brand zu tun haben sollte.

Gerade kamen die Gutachter aus dem Versammlungszelt, wo sie bis eben noch mit dem Häuptling und den Alten gesessen hatten.

„Kira, schau, jetzt werden wir mehr erfahren!" Ich zog sie auffordernd mit mir, und so gingen wir gemeinsam hinüber.

„Sie sind der Besitzer des abgebrannten Hauses?", fragte einer der Männer mich. Ich nickte gespannt.

„Tja", meinte der gedehnt, „es sieht tatsächlich so aus, als sei dort gezündelt worden." Er sah mich forschend an.

Ich schluckte: „Wusst ich`s doch!", stieß ich heftig hervor.

„Irgendeinen Verdacht, wer es gewesen sein könnte?" Der Sachverständige forderte meine Antwort ein, doch ich zögerte. Konnte ich denn, nur auf eine Ahnung hin, solch einen starken Vorwurf äußern? Voller Bedenken schaute ich Kira an. Da übernahm sie kurzerhand die Initiative:

„Ja! Wir haben einen Verdacht, doch den wollen wir nur unter Vorbehalt äußern, solange es keine Beweise gibt. Sie müssen uns versprechen, dass unsere Vermutung bis dahin diskret behandelt und nicht öffentlich diskutiert oder bekannt gemacht wird." Sie sah ihn Antwort heischend an. Erst als er entgegnete, dass er ihnen das wohl zusichern könne, und sie zusammen hierzu wiederum das große Zelt betraten, teilten Kira und ich ihm unsere Meinung dazu mit und erstatteten, auf seinen Rat hin, Anzeige gegen Unbekannt.

Das Ganze hatte uns müde gemacht. Erschöpft von all der Aufregung zogen wir uns anschließend ins Besucherzelt zurück. In unausgesprochener Übereinstimmung verschlossen wir den Eingang, um anzuzeigen, dass wir nicht gestört werden wollten.

Dann entkleideten wir uns wie selbstverständlich und legten uns gemeinsam auf die Matte. Dort lagen wir nun, eng umschlungen unter der dünnen Decke, und in mir regte sich mit aller Macht die ganze bisher angestaute Lust. Meine große Zärtlichkeit für Kira suchte sich zu entfalten, ich wollte meine Frau fühlen, wollte ihr all meine Liebe zeigen. Schon konnte ich spüren, wie auch sie sich öffnete. Immer weiter erkundeten wir mit den Händen streichelnd unsere Körper, und die Lust stieg; kaum noch erträgliche Anspannung, die mich zur baldigen Vereinigung drängte. Doch plötzlich merkte ich, wie Kiras Körper sich wie abwehrend versteifte und von mir fortstrebte, letztendlich stieß sie mich beinahe von sich.

„Ich kann das nicht", schluchzte sie auf, drehte sich von mir weg auf die andere Seite und schlang die Arme um sich. Betroffen ließ ich sofort von ihr ab. „Hey, was ist los, mein Herz, was hast du denn?", flüsterte ich erschrocken.

Ihre Schultern bebten. „Plötzlich ist alles wieder da – dieser widerliche Kerl und . . ."

„Darf ich dich denn in den Arm nehmen?", fragte ich verunsichert. „Weiter mach ich nichts, versprochen!"

Ich sah ihren Kopf nicken und legte vorsichtig meinen Arm um sie. „Liebste, ich kann warten. Ich werde nichts tun, was du nicht auch willst. Lass uns jetzt beide ein wenig ausruhen."

Langsam, ganz langsam ebbte meine Lust ab und beruhigte sich mein Körper wieder. Während wir anfingen wegzudämmern, hörte ich tief in meinem Innern die Stimme des Alten, der da sagte:

„Geduld, das ist etwas, was du wohl noch lernen musst, mein Sohn. Denn die wirst du noch oft in deinem Leben brauchen."

Kapitel 10

Gemeinsam besuchten wir Urs am nächsten Tag im Krankenhaus. Zuvor wollte ich dort an der Uni noch alles Nötige für meinen Studienwechsel veranlassen. Kira, die mich dabei begleitete, kannte sich ja vor Ort an der UMD (University of Minnesota Duluth) gut aus, und so musste ich nicht erst lange herumsuchen. Mir gefiel es auf Anhieb in der kleineren Stadt, und ich freute mich darauf, schon bald meine Studien hier, zusammen mit Urs und Kira, aufnehmen zu können.

Während Kira noch ein paar Blumen besorgte, ging ich schon mal zu meinem Bruder voraus.

Doch als ich vor Urs in seinem Krankenbett stand, musste ich einsehen, dass es mit ihm nicht so schnell vorangehen würde, wie gehofft. Zum ersten Mal war *er* es, der auf Hilfe angewiesen war, und es kam nun auf mich an, alles Weitere zu tun. Ich nahm mir einen Stuhl und setzte mich zu ihm ans Bett. Die weißen Kissen ließen Urs ganz blass aussehen. Oder war sein Zustand so schlecht? „Bist du schon operiert worden, ist dein Bein inzwischen gerichtet?"

Urs nickte: „Ja, gestern Abend. Dazu gab´s anschließend sofort noch eine Transfusion, ich hatte einiges an Blut verloren." Er grinste schief.

„Hier ein Wäschepaket von Kira, ich leg es dir sofort in den Schrank."

„Wie geht's ihr, wie geht's euch denn zusammen, mein Bruder?"

„Kira ist auch hier, sie wird gleich nachkommen, Urs."

„Bist du glücklich mit ihr, Vito?"

Ich stockte kurz, bevor die Worte meinen Mund verließen: „Dieser Vorfall, du weißt . . ., all das macht ihr mehr zu schaffen, als gedacht. Wie ein Gespenst taucht dieser verdammte Kerl vor ihrem inneren Auge auf, drängt sich zwischen uns und macht damit unsere schönsten Momente kaputt."

Die Wut musste wohl in meinen Augen aufgeblitzt sein, denn Urs ergriff meinen Arm: „Das tut mir leid für euch, Vito! „Vergewaltigung ist ein äußerst schwieriges Thema. Meistens ist es notwendig, oder zumindest besser, sich dabei therapeutischen Rat zu holen, oder zum Schamanen zu gehen. Und es wird ganz wichtig für Kira sein, dass du das mit ihr gemeinsam angehst, hörst du? Lass sie nicht allein – damit!" Er sah mich mit einem auffordernden Blick an. In diesem Moment klopfte es, und Kira lugte hinter der sich öffnenden Zimmertür hervor, einen großen bunten Strauß Blumen in der Hand.

Sogleich hellten sich unser beider Gesichter auf.

Ich bot Kira meinen Platz an und holte einen weiteren Stuhl hinzu.

„Wir haben uns ziemliche Sorgen um dich gemacht, Urs. Geht es dir jetzt einigermaßen gut, oder hast du noch Schmerzen?", fragte Kira ihn und nahm seine Hand.

„Werde mal eben eine Vase besorgen", sagte ich und nahm ihr die Blumen ab.

Urs` letzter Satz klang mir noch in den Ohren. Therapeutischer Rat oder Schamane . . . gemeinsam - lass Kira nicht allein – damit!

Insgeheim hatte ich gehofft, es würde sich mit der Zeit wieder von selbst einrenken, wenn Kira sich ein wenig Mühe gäbe. Ich war doch bei ihr und tat alles . . . ich stockte, wirklich? Tat ich wirklich alles, um ihr zu helfen?

Bisher hatte ich diesen Punkt allein als Kiras Angelegenheit und Aufgabe angesehen, wenn ich´s recht überlegte. Ich fühlte mich nicht selber betroffen davon, hatte es ja auch nicht am eigenen Leib erleben müssen. Daher meinte ich, ihr einzig durch mein Verständnis helfen zu können, an Weiteres hatte ich dabei nicht gedacht.

Aber was bedeutete eigentlich Verständnis? Anscheinend hatte Urs das besser begriffen als ich. Er sah, dass Kira mehr brauchte als das.

Und ich hatte ja bereits erfahren, dass ich, falls ich das nicht auch kapierte, durchaus die Folgen zu spüren bekam.

Es war eben auch meine Angelegenheit, mein Thema, mit dem ich mich genauso wie Kira auseinanderzusetzen hatte. Jedenfalls, wenn ich sie wirklich liebte. Und das tat ich doch.

„Suchen Sie eine Vase?", fragte die Schwester. Ich nickte erleichtert.

Als ich schließlich das Zimmer wieder betrat, legte ich Kira sogleich meinen Arm um die Schulter und gab ihr einen zärtlichen Kuss. Urs lächelte.

„Hast ja lange gebraucht, die Vase zu finden, Vito!"

„Besser spät als nie!", gab ich zurück, bevor wir alle drei in ein befreiendes Gelächter ausbrachen.

Seit Beendigung des Wettkampfes, also bereits vor dem Brand, hatte Crow nichts mehr von sich sehen lassen.

„Immer treibt er sich irgendwo herum, man weiß nie, wo er steckt", meinte Urs einmal. „Ich fürchte, er hängt mit Menschen aus der Stadt zusammen, die ihm nicht guttun."

Auch jetzt wieder beteiligte Crow sich in keiner Weise an dem Leben der Dorfgemeinschaft. Aber so war er eben, wie viele andere Heranwachsende auch, die sich abnabeln mussten und wollten, um ihren eigenen Weg zu finden. So, wie ich selbst es ja auch tat. Und dabei hatte ich ihm altersmäßig und zudem, was das Berufsleben bzw. Studium anging, bereits zwei Jahre voraus.

Doch wieso bekam ich dann immerzu ein so mieses Gefühl, was Crow anbetraf?

Traute ich ihm wirklich diese Brandstiftung zu?

Mit seinem Gebaren machte er sich ja wirklich selbst viele Chancen in seinem Leben zunichte.

So ein Typ war er. Seiner Ansicht nach waren es sowieso immer die anderen, nie er selber, der irgendeine Verantwortung oder gar Schuld trug.

Ja, du meine Güte! Wenn man so dachte, dann war man doch wirklich immerzu Opfer und allem ausgeliefert.

Und dabei konnte Crow sich nicht einmal darüber beklagen, dass er keine Unterstützung oder kein Verständnis bekam, nein! Es hatte bis jetzt anscheinend immer wieder Menschen gegeben, ob Stammesmitglieder oder auch Weiße, die bereit waren, ihm zu helfen. Er aber schien dies gar nicht wahrzunehmen. Was bringt jemanden dazu, alle Hindernisse, die es nun mal im Leben gibt, stets als gewollte Angriffe auf sich selber zu münzen?

Verständnislos schüttelte ich meinen Kopf.

Mir wurde es schwer ums Herz, als ich wieder die verruß-
ten Mauern der Ruine betrat. Alruns Haus wirkte gespens-
tisch, so total ausgebrannt. Still stand ich und horchte.

Da! Jetzt konnte ich wieder die starke Präsenz meiner
Tante spüren. Ich atmete auf. Sie war noch hier, ich fühlte
es deutlich. „Dieser Platz wird dir bleiben, ich verspreche
es!", rief ich laut in die verwüstete Landschaft hinaus. –

Und war da nicht auch ganz von fern das Klingen ihrer
Stricknadeln zu hören? Eine Träne tropfte auf meine
Hand, mit der ich mich am Kaminsims abstützte, das jetzt
gänzlich frei in der Landschaft stand.

Ich suchte, das Gelände überblickend, den Schaden abzu-
schätzen. Das Haus war hin, da gab es nichts mehr zu retten. Ansonsten waren zwar einige Bäume rundum abge-
brannt, doch weiter schien nichts zerstört zu sein. Die Indianer hatten vollen Einsatz im Kampf um das Land des
anschließenden Reservats gezeigt, auch wenn es ihnen
nicht gelingen konnte, das Gebäude zu retten, wo der eigentliche Brandherd lag. Jemand hatte Alruns Haus, meinen Besitz, ganz bewusst zerstören wollen. Das hatten
auch die Brandschutzexperten bestätigt.

Aber wer . . ?

Auch wenn ich meinen Verdacht hatte, konnte Crow doch
nichts nachgewiesen werden. Es nutzte nichts, mich in etwas zu verbeißen, vielmehr hieß es nun, nach vorn zu
schauen. Was wollte ich mit dem Gelände anstellen, und
vor allem: wo wollte ich fortan mit Kira leben? Was war
machbar?

Auf Urs` Hilfe konnte ich im Moment nicht hoffen. Aber vielleicht vermochte ich, die Indianer dazu zu bewegen, mit anzupacken?

Langsam reifte in mir der Entschluss, uns ein eigenes, neues Zuhause zu schaffen.

Ab sofort begann ich, erste Pläne zu zeichnen. Dann suchte ich Kira auf, um sie ihr vorzustellen.

Gespannt wartete ich auf ihre Reaktion.

„Was hast du da, was ist das für ein Papier?"

„Schau selbst, Kira! Erkennst du, was es sein soll?" Ich strich ihr zärtlich über den Rücken, als sie sich über das Papier beugte.

„Was ist das für ein Haus?"

Wenn sie bereits ahnte, worum es nun ging, konnte sie es jedenfalls gut verbergen.

„Na, was meinst du?" Ich hängte mich von hinten über Kiras Hals und begann, an ihrem Ohr zu knabbern. „Wusste gar nicht, dass du kitzelig bist."

Sie zog die Schultern hoch und begann kichernd, sich meiner halb scherzhaften, halb zärtlichen Attacke zu erwehren. In den vergangenen Tagen waren wir uns um so vieles nähergekommen.

„Willst du uns wirklich ein Haus bauen? Und wo soll es stehen, an Alruns Platz?"

Ich nickte nur. Jetzt, wo es ausgesprochen wurde, konnte ich meine Bewegung kaum verbergen.

Kira streichelte meinen Kopf, dann stutzte sie, während sie den Plan studierte: „Du hast ja sogar ein Kinderzimmer eingezeichnet." Eine Weile war es still zwischen uns.

„Weißt du, ich will jetzt keine Zeit mehr vergeuden. Es gilt noch so vieles zu regeln, bevor . . . bevor das Kind kommt. Falls du denn schwanger sein solltest. Und das Kleine, unser Kind soll es guthaben. Es soll alles fertig werden, bis es auf der Welt ist, damit wir dann auch genug Zeit haben, uns zu kümmern."

Kira hatte mir mit großen Augen zugehört. Dann schloss sie mich in ihre Arme und schluchzte gerührt.

„Aber deine Eltern, Schatz, du musst es ihnen erzählen, alles!"

„Ja sicher, das hätte ich längst müssen. Lass sie uns ganz bald besuchen, ja? Du kommst selbstverständlich mit, Liebes, nicht wahr?" Ich schaute in ihre dunklen Augen, um sofort in deren dunkler Tiefe zu versinken. Kaum konnte ich an mich halten, so heftig überkam mich mein Verlangen. Nur gepresst brachte ich hervor: „Ich habe solche Sehnsucht nach dir, Kira. Lass uns auch den Rat des Schamanen einholen. Er kann uns vielleicht helfen – besser, als ich es vermag jedenfalls. Was meinst du?".

Kira schaute mich noch einmal prüfend an, dann nickte sie.

So sprach ich also beim Schamanen vor und redete mir wieder einmal alles von der Seele. Es erstaunte mich selber, was da so zusammenkam.

Ohne mich zu unterbrechen, hörte mir der Alte zu, und ich redete ohne jede Scheu und ließ auch mein Vorleben nicht aus, denn ich wusste, dass ich diesem Weisen vertrauen konnte. Es war derselbe, der mir auch in der Höhle, während meiner Initiation, zur Seite gestanden hatte.

„Mein Sohn", sprach er abschließend zu mir, „jetzt geh und bring Chiara her, dass ich auch mit ihr spreche. Danach werde ich euch Weiteres wissen lassen." Damit entließ er mich.

Ich bedankte mich bei ihm und ging los, Kira zu holen.

Sie hatte bereits gespannt auf mich gewartet und ließ sich sofort von mir zu dem Alten bringen. Nach einem kurzen Blick zu mir, holte sie dort tief Luft, bevor sie die Eingangsplane hob und in dessen Zelt verschwand.

Ich schaute mich um. Es war still auf dem Platz, niemand schien unserem Tun Beachtung zu schenken. Nun drang auch das Rauschen der Baumkronen in mein Bewusstsein, und ich ließ mir den Hauch des lauen Sommerwindes übers Gesicht streichen.

Langsam schlenderte ich zurück zu unserem Zelt, von dem aus ich sehen konnte, wann Kira ihre Sitzung beendet haben würde.

Nachdem ich mich so entäußert hatte, war mir ganz seltsam zumute. Einerseits war ich erleichtert, andererseits fühlte ich mich aber auch wie nackt und leicht verwundbar.

Ich beschloss, nicht weiter darüber nachzudenken, sondern den eingeschlagenen Weg vertrauensvoll weiterzugehen.

Plötzlich kam der Schamane heraus, ging hinüber zu einem der anderen Zelte und kehrte mit einer der alten Kräuterfrauen zurück.

Was hatte das zu bedeuten? Doch ich musste meine Neugier noch eine Weile bezähmen. Nach einer mir endlos erscheinenden Zeit, kam aber schließlich Kira doch wieder hervor und ich eilte sogleich hinzu, sie abzuholen.

Aber ich hütete mich, sie sofort mit meinen Fragen zu überfallen, wusste ich doch jetzt aus eigener Erfahrung, wie wichtig es war, alles erst einmal in Ruhe auf sich wirken zu lassen. Sie würde von alleine zu reden beginnen.

Ich musste nicht lange darauf warten.

„Wir sollen morgen beide zusammen zu ihm kommen."

Sofort beugte ich mich zu Kira hinunter und küsste sie direkt auf ihren Mund: „Okay, mein Schatz, das machen wir!"

Den restlichen Tag über sprach ich verschiedene meiner Stammeskollegen auf mögliche Mithilfe beim Hausbau an und begann anschließend, mit Kira die konkreteren Planungen vorzunehmen. Zusammen schwelgten wir in Träumereien über unser zukünftiges gemeinsames Familienleben.

„Die Veranda werden wir ein ganzes Stück vergrößern - und aus dem Schlafzimmerfenster heraus, ja, da können wir dann jeden Morgen gemeinsam die Sonne begrüßen, Kira", meinte ich gerade, meinen Kopf in ihren Schoß bettend und fuchtelte mit den Händen bezeichnend in der Luft herum.

„Er hat die Heilerin dazu geholt", meinte Kira.

Ich fuhr hoch und setzte mich auf, um meiner Frau ins Gesicht zu sehen. „Ich bin froh, dass du es ansprichst, mein Herz. Was, was hat sie denn gesagt?" Plötzlich war ich wie ernüchtert.

„Sie hat mich untersucht und gemeint, dies alles sei nicht nur eine Sache des Körpers, mit dem wäre alles o.k. Aber ein Teil meiner Seele habe sich nach dem Trauma wohl aus Selbstschutz vom Leben zurückgezogen oder abgetrennt, und dieser Teil fehle uns beiden jetzt."

„Hm", meinte ich, wobei ich ratlos die Luft ausstieß. „Und – ehm, bist du nun schwanger, oder . . ?"

„Ist noch zu früh, was dazu zu sagen. Morgen will der Schamane uns etwas vorschlagen, Vito. Wir sollen bereits ganz früh zu ihm kommen. Kira fasste meine Hand. – „Ich glaube, ich habe Angst."

„Kira. Chiara!" Zärtlich umfasste ich mit beiden Händen ihr Gesicht. „Du! Meine Liebste! Wir werden gemeinsam damit fertig werden, ich verspreche es dir!"

Sie schmiegte sich an mich.

In dieser Nacht lagen wir eng umschlungen auf unserem Lager, bis der Morgen graute.

Am nächsten Tag frischte der Wind auf. Unruhig zerrte er an der Plane des Gästezeltes und schlug mit der losen Leine auf das Dach, als wolle er uns aus dem Schlaf klopfen. Vorsichtig rührte ich mich, um zu sehen, ob Kira noch schlief. Ich wollte sie auf keinen Fall vorzeitig aufwecken. Ihre Augen waren geschlossen, also ließ ich mich langsam wieder auf das Lager sinken.

„Bin auch schon wach, Vito, du brauchst dich nicht in Acht zu nehmen, Lieber!" Sie drehte sich ganz zu mir herum und schaute mich still an. Dann fuhr sie sanft mit ihrem Finger über meine Lippen und die Kinnkerbe hinunter bis zu meiner Halsgrube.

„Das hast du schon einmal gemacht", meinte ich.

Sie sah mich fragend an.

„Damals, nachdem wir aus dem Bus gestiegen sind, weißt du nicht mehr? – Für mich war es wie ein Versprechen."

Sie nickte versonnen. „Ja, das war es, das sollte es auch sein." Sie seufzte. „Ich glaube, wir sollten uns jetzt fertigmachen und noch kurz frühstücken."

Ich stand auf und nahm Kiras ausgestreckte Hand, um sie zu mir hochzuziehen. Dann umarmte ich sie. „Ich lass dich nicht mehr los", hauchte ich ihr ins Ohr.

„Liebster, aber dann . . ." Sie hob beide Hände.

„Also gut! Keine Sorge, wir schaffen das schon!"

Und so sahen wir uns bereits eine halbe Stunde später auf unserem gemeinsamen Weg zum Schamanen.

Dieser erwartete uns bereits.

Er deutete auf die Kissen am Feuer, und wir ließen uns erwartungsvoll darauf nieder.

„Vitus und Chiara!" Er entzündete zwei Räucherstäbe. „Ihr selber seid zu mir gekommen, um meine Hilfe und Unterstützung zu erbitten. In unseren Gesprächen erfuhr ich von eurem gemeinsamen Problem, dem ihr euch heute stellen wollt. Ist das soweit richtig?"

Wir nickten beide. Doch er ließ nicht nach.

„Ist das soweit richtig, Vitus?"

„Ja, ja das ist richtig!"

„Kira, für dich auch?"

„Es ist richtig, ja!" bestätigte auch sie.

„Du Kira, hast vor kurzem eine schreckliche Erfahrung gemacht, die dir jetzt, in deiner Beziehung mit Vitus, große Probleme bereitet."

Ich spähte kurz zu Kira hinüber, die verlegen nickte.

„Die Erinnerung daran stellt sich immer dann zwischen euch, wenn ihr euch gerade besonders nah seid, und zerstört so jeden schönen Moment?"

Beide nickten wir heftig.

„Und jetzt soll ich euch mit meinem Zauber davon befreien?"

Wieder bejahten wir.

„So geht das nicht!"

Verwirrt fuhren wir hoch.

„Wie, Wieso, was . . ."

Der Schamane nahm Kiras Hand in die eine, meine Hand in seine andere und sah uns ernst in die Augen.

„Wenn euch einer helfen kann, dann seid ihr das selbst!" Er machte eine bedeutungsvolle Pause. „Aber ich werde euch gerne dabei unterstützen!"

Die Erleichterung stand uns sichtlich ins Gesicht geschrieben, hatte ich doch gerade noch geglaubt, der Schamane würde uns wieder wegschicken.

„Die Heilerin hat es beim letzten Mal schon angesprochen", fuhr er fort, „Kiras Seele muss erst wieder heilen, wieder vollständig werden. – Ihre Angst vor erneuter Verletzung ist so groß, dass sie sich mit dem betroffenen Anteil ganz zurückgezogen hat. Da die Seele zeitlos ist, kann sie nicht unterscheiden zwischen dem Jetzt und dem Früher. Um aber wieder zur vollen Entfaltung in diesem Leben kommen zu können, müssen wir den fehlenden Anteil zurückholen und einfügen." Er schwieg.

Ich räusperte mich. „Und", meinte ich gedehnt, „wie sollen wir das machen? Wo ist sie überhaupt jetzt?"

„Die Seele kennt weder Ort noch Zeit", meinte der Alte, „doch ich weiß, wie ich sie finden kann. Ich werde sie fragen, was sie braucht, um zurückkehren zu können." Damit erhob er sich. „Wir holen auch die Heilerin dazu und halten ein Ritual ab. Seid ihr damit einverstanden?" Er wartete auf unsere Antwort.

Ich blickte fragend zu Kira hinüber. Die zögerte kurz, doch dann nickte sie zweimal.

Der Alte verschwand für einen Moment aus dem Zelt und kam bald darauf mit der Frau zurück. Sie neigte grüßend ihren Kopf, dann setzte sie sich uns gegenüber, an die andere Seite des Feuers. Der Schamane wies mich an, mich hinzuknien und meine Hände von hinten auf Kiras Schultern zu legen. Dann fragte er: „Hast du Vertrauen zu Vitus, Chiara? Willst du dich ihm anvertrauen, dann sag es!"

„Ja", flüsterte sie.

„Sag es laut!"

Kira straffte die Schultern. „Ja, ich will mich Vitus anvertrauen!" Sie lehnte ihren Kopf gegen meine Brust.

Nun wandte sich der Schamane an mich: „Vitus, wirst du Chiara immer schützen, so gut du es vermagst, ihr nie ein Leid antun nur zu deinem eigenen Vergnügen, sondern jederzeit Chiaras Willen respektieren, auch wenn es dir schwerfällt?"

„Das werde ich!" Meine Antwort war klar und kraftvoll.

Der Alte nickte und schien zufrieden. Er nahm eine Rassel zur Hand und begann mit einem eintönigen Singsang, in den bald darauf auch die weise Frau einfiel. Dazu bewegte er sich langsam um uns und um das Feuer herum. Was würde das werden?

Diese ängstliche Frage beschäftigte mich nicht lange. Alles zog mich in diesen monotonen Rhythmus hinein. Meine schwirrenden Gedanken flossen nach und nach ab, und mein Kopf leerte sich, bis nichts Anderes mehr darin zu finden war.

Die Bewegungen des Schamanen wurden schneller und rhythmischer. Bald begann er, auch mit den Füßen auf den Boden zu stampfen, die Stimmen wurden lauter und lauter, bis sie in einen einzigen schrillen Schrei endeten. Dann war es totenstill.

Ich wagte nicht, mich zu rühren, und auch Kira saß ganz unbeweglich da.

Beim letzten Ton war der Medizinmann jäh in sich zusammengesunken, und unverzüglich hatte sich die Heilerin zu ihm gesetzt. Schon wollte ich meine Hilfe anbieten, doch die Alte winkte ab. „Er ist jetzt dort! – Schau du nach deiner Frau!"

Kira sah mich besorgt an, so dass ich ihr zuwisperte: „Alles o.k., er ist nun in Trance und nimmt Kontakt zu der Seele auf."

Dann legte ich den Finger auf meine Lippen.

Lange saßen wir schweigend da. Nur die Alte summte leise vor sich hin, zwischendurch Worte murmelnd, die ich nicht verstand.

Was passierte da jetzt gerade?

Der Alte musste sich in Trance getanzt haben, das hatte ich verstanden. Er war nun in einem anderen Bewusstseinszustand, man konnte es deutlich sehen. Doch wo war er denn?

Selber hatte ich noch nie irgendeine Art von Trance erlebt, außer im Alkoholdusel. Doch dieses hier war etwas völlig anderes. Der Schamane befand sich offensichtlich in einer ganz anderen, einer erweiterten Welt, und, wie es schien, außerkörperlichen Ebene.

Ich wusste von einer jahrelangen Praxis, die nötig war, solche Fertigkeiten zu erlangen. Und es war, trotz aller Übung, auch nicht jedem möglich, dahin zu gelangen, soviel stand fest. Was würde der Alte uns mitbringen, wenn er zurückkam?

Inbrünstig begann ich um Beistand zu beten. Und auch Kira schien in ihre Gebete versunken.

Nach einer langen Zeit kehrte der Schamane in diese Welt zurück. Als er sich wieder rührte, befahl uns die Heilerin: „Nun geht, er muss sich jetzt erst erholen! Morgen wird er soweit sein, euch Weiteres mitzuteilen. Er wird euch rufen lassen!"

Überrascht und etwas enttäuscht, aber doch im Inneren auch ganz angerührt, verließen wir das Zelt. Wir würden also noch bis zum nächsten Tag warten müssen.

Aber hatten wir nicht auch schon jetzt ganz viel erfahren, und was beinahe noch wichtiger war, auch Hoffnung geschöpft?

Kapitel 11

Noch am selben Nachmittag wurde es unruhig im Dorf. Zwei der Indianer kamen aufgeregt winkend aus Richtung des Waldes gerannt und stießen laute Rufe aus, die anderen aufmerksam zu machen. Sogleich kamen die Männer aus allen Richtungen zusammengelaufen, um sich nach dem Grund der Aufregung zu erkundigen. „Kira, ich werde nachhören, was es dort gibt! Kann ich dich alleine lassen?" Als sie nickte, schnappte ich mir mein Messer und rannte ebenfalls los. Ein Name wurde mehrfach genannt.

„Was ist los?" Ich wandte mich direkt an einen der beiden, die aus dem Wald gekommen waren.

„Ja, wir haben Crow zufällig in einer der Höhlen gefunden. Er ist wohl abgestürzt und liegt nun verletzt dort. Wir müssen ihn sofort da rausholen. Aber das wird schwierig sein, man kommt nicht so leicht an ihn heran."

Alle halfen, einige Gerätschaften zusammenzutragen, die nötig sein würden, einen verletzten Mann zu bergen. Und schon ging es los. Auch ich lief mit, bereit, mich für einen Menschen in Not einzusetzen, alles andere blendete ich aus.

Die Höhlen waren Heiliges Land.

Was hatte Crow hier gesucht? Mir fiel der Plan wieder ein. Waren die markierten Stellen nicht auch hier? Und – war Crow alleine hergekommen, oder hatte der andere Indianer ihn begleitet? Nur, wo war er dann, warum hatte der ihm nicht geholfen? Wären die Leute unseres Stammes nicht gerade jetzt vorbeigekommen, dann hätte Crow nun hier verrotten müssen. Bei diesem Gedanken überfiel mich ein Schauder, und ich spürte eine aufkommende Kälte auf meinen Armen.

Lange konnte ich aber nicht bei diesen Gedanken verweilen, denn wir waren bei der Höhle angekommen.

Nacheinander verschwanden wir in einer der rückwärtigen Öffnungen der großen Eingangshalle. Nach einigen Metern nahmen wir einen verdeckten, seitlichen Einstieg und folgten einem engen Gang, von dessen feuchten Wänden das Wasser in Rinnsalen heruntertropfte. Hätten mich meine Brüder auch mitgenommen, wenn ich noch nicht Mitglied ihres Stammes gewesen wäre?

Ich folgte ihnen stumm, denn sie kannten sich hier offensichtlich sogar blind aus, auch wenn sie ihre Fackeln hell lodern ließen. An irgendetwas erinnerte ich mich, war ich hier bereits früher gewesen; bei meiner Initiation vielleicht?

Plötzlich stoppte die Reihe vor mir, und ich lief beinahe auf den sich vor mir vorantastenden Indianer auf. Der Gang vorne fiel nun jäh in große Tiefe ab, auf deren Grund Crow lag und stöhnte.

Schnell rollten die ersten beiden eine, dort verankerte Strickleiter ab, auf der zwei von ihnen leichtfüßig hinunterstiegen. Wir anderen warteten oben. Von hier konnten wir deutlich jedes Wort verstehen, das da unten gewechselt wurde. Wie aus einem Schalltrichter heraus verstärkten sich die Laute sogar noch, für geheime Lauscher ein idealer Ort. Ob das auch umgekehrt galt? Nein, das konnte eigentlich nicht sein. Der da unten musste sich ganz alleine fühlen, wenn er nichts von diesem Zugang wusste. Aber wie war Crow dorthin gelangt? Vielleicht gab es ja noch weitere Zugänge? Oder war er von hier oben abgestürzt?

Unten hatten sie ihn bereits auf eine klappbare Trage gehievt und mit den zwei Seilen, von denen je eines an jeder Seite der Strickleiter mitschwangen, verbunden, die wir nun gleichzeitig und ganz langsam hochzogen. Das war Schwerstarbeit, und auch ich musste kräftig zulangen, um ihn ganz hochzubringen. Dann kam der schwierigste Teil, alles vorsichtig herumzuschwingen und in den Gang zu bugsieren, der nicht viel breiter war, als die Trage selbst. „Hätten wir nicht besser einen anderen Weg gewählt?" Der anführende Indianer schüttelte nur verneinend den Kopf.

Nach halsbrecherischen Jonglierversuchen klappte es endlich. Nachdem die anderen Zwei auch wieder oben waren, lösten wir die Strickleiter und zogen sie von vorne bis hinten unter der Trage durch. So konnten wir die Enden fassen und sie an beiden Seiten anheben, doch immer wieder mussten wir die Trage kurzzeitig absetzen. Es wurde nicht sonderlich leichter auf dem Weg zurück, doch endlich war es geschafft, und wir standen wieder in der Eingangshalle.

Auf dem Weg ins Dorf wechselten wir uns immer wieder mit dem Tragen ab. Dort wurden wir bereits von den anderen erwartet. Sofort nahm man uns die weitere Versorgung des Verletzten ab und ließ uns erst einmal verschnaufen.

Crow litt anscheinend unter großen Schmerzen. Wie er so bleich dalag und kein weiteres Wort sagte, nur ab und an aufstöhnte, wenn er bewegt wurde, tat er sogar *mir* leid.

Als feststand, dass er ins Krankenhaus gebracht würde, meldete ich mich freiwillig, ihn zusammen mit einem Stammesbruder dorthin zu begleiten. Crow schaute überrascht auf, als er das hörte, doch dann starrte er weiter finster vor sich hin.

Unterwegs bemerkte ich, wie er mich immer wieder von der Seite taxierte, als wolle er herausfinden, was er von mir zu erwarten habe. Schließlich überwand er sich, mich direkt zu fragen, da er wohl alleine zu keinem Ergebnis kam:

„Warum machst du das?", bellte er. Man sah ihm an, dass er sich überwinden musste. „Was hast du mit mir vor?", er erinnerte mich in seinem Verhalten an einen Hund, der schlecht gehalten worden war. Aus lauter Misstrauen reagierte er wie ein Angstbeißer.

Ich beschloss, ihn erst einmal nicht weiter zu beachten.

Es war dasselbe Krankenhaus, in dem auch Urs noch lag. Das Personal glaubte, uns etwas Gutes zu tun, indem sie Crow zu Urs aufs Zimmer legten. Ich war erleichtert, als ich hörte, dass mein Bruder den Raum bereits mit seinen Gehhilfen verlassen durfte. So konnten wir wenigstens ungestört miteinander reden.

Auf dem kleinen Stationsbalkon zündete Urs sich eine Zigarette an und gab auch mir eine herüber. Schweigend genossen wir den ersten Zug.

„Bis wann musst du noch hierbleiben, Urs?"

„Zum Glück nicht mehr lange. Kommst du mich abholen, wenn`s soweit ist?"

„Klar!" Ich drückte meine Zigarette im bereitstehenden Ascher aus. „Bekomme sicherlich auch den Jeep für die Fahrt."

Und dann erzählte ich ihm von den letzten Vorkommnissen, vom neu geplanten Haus auf Alruns Grundstück, von der Seelenrückholung und von Crow.

„Es wird höchste Zeit, dass du wieder zurückkommst, Urs. Du kannst ja im Dorf genauso, oder gar besser trainieren als hier im Krankenhaus. Lass dir nur zeigen, wie du zu üben hast!"

Urs nickte. „Ja, ich freue mich darauf, wieder nach Hause zu kommen. Krankenhaus bleibt Krankenhaus, ich kann Alrun verstehen, dass sie nicht mehr hierher wollte, es wäre ja ihr letztes Quartier gewesen."

Immer, wenn Alrun im Gespräch auftauchte, wurden wir für einen Moment ganz still und gedachten ihrer. So auch jetzt. „Urs, spürst du auch ihre starke Präsenz?"

„Alruns? Ja! Ja, die spüre ich ganz deutlich. Und ihre große Kraft. – Wir werden ihre Unterstützung noch brauchen!"

„Wie meinst du das?"

„Wir müssen unser Land retten, das war auch immer Alruns Anliegen, aber das weißt du doch."

„Das Land retten, hm. Ist es denn in Gefahr? Aber wodurch?"

„Hör mal, Vito, du selbst hast mir doch die Pläne gezeigt. Ich kannte sie schon, denn Alrun hat sie mich sehen lassen. Und wir wissen beide, was darauf zu finden ist."

„Na ja, du sprachst über Magnetite bis an die Oberfläche und so. Ist das denn wirklich so lukrativ?"

„Grad im Moment würden sich viele wohl darauf stürzen, vermute ich. Vor allem, weil die so einfach abzubauen sind. Es könnte daher leicht der Fall sein, dass das Land enteignet wird und du nur eine großzügige Entschädigung dafür bekommst. Das wäre, wenn du sowieso verkaufen wolltest, ein Superdeal für dich, aber . . . ,,

„Aber das will ich nicht, das weißt du, Urs!"

„Nur dumm, dass es jetzt kein Geheimnis mehr ist, falls die beiden Jungs sich verplaudert haben sollten. Ich werde das herausfinden müssen!"

„Na, dann ist es ja geradezu ein Glücksfall, dass Crow jetzt mit dir zusammen auf einem Zimmer liegt." Ich klopfte ihm gönnerhaft auf die Schulter. „Du machst das schon, Urs!"

Er rollte mit den Augen und nickte. „Ich mach das schon, toll! – Muss wirklich sehn, dass ich hier rauskomme."

„Nein Urs, mach erst noch diesen Job, ja? Wir *müssen* das herausfinden!"

Mein Bruder nickte nachdenklich. „Du hast recht, Vito, es ist zu wichtig, als dass wir diese Gelegenheit ungenutzt verstreichen lassen könnten!" Dann nahm er seine Gehstöcke und ging zurück zum Zimmer. „Bis hoffentlich bald!"

„Ich komm nicht mehr mit rein, Urs. Mag den Typen heute nicht mehr sehen. - Sag dem anderen Indianer Bescheid, dass wir zurückfahren können, ich warte draußen."

„Vito, alles klar."

„Sei tapfer! Bis bald."

Froh, wieder im Auto zu sitzen, wollte ich nun schnellstmöglich zurück zum Dorf. Ich sehnte mich nach Kiras Umarmung.

Ob der Schamane sich wohl ihr gegenüber schon geäußert hatte? Wie sehr erhofften wir doch beide eine Lösung unseres Problems. Diese Hilflosigkeit war schwer zu ertragen.

Aber er hatte doch auch gesagt, dass nur wir selbst es lösen könnten, und dabei auf seine Unterstützung hoffen dürften.

Wir selbst!

Kira vertraute mir, das war das Wichtigste.

Mir schwirrte der Kopf, ich konnte nicht mehr wirklich klar denken. Ach, Alrun, wärest du doch noch hier, du wüsstest bestimmt Rat.

In diesem Augenblick gab es ein schepperndes Geräusch.

„Was war das?"

„Hörte sich an wie etwas Metallenes", meinte der fahrende Indianer und parkte den Wagen am Straßenrand. „Ich sehe mal nach."

Etwas Metallenes – mir fiel sofort Alrun ein. Egal was es war, für mich bedeutete es ihre Unterstützung. In mir wurde es sofort ruhiger.

„Eine Radkappe ist abgefallen!", der Indianer warf das Teil nach hinten auf den Rücksitz. „Zum Glück hab ich sie wiedergefunden."

Kurz darauf waren wir zurück im Dorf, und ich suchte sogleich unser Zelt auf. Doch es war leer.

Als ich aus dem Gästetipi trat, bemerkte ich ein Winken. Es war der Schamane, der mich zu sich rief. Sofort hastete ich hinüber und sah ihn fragend an.

„Komm mit, Vitus, Chiara braucht dich."

„Mein Sohn", sprach er, „du musst jetzt tapfer sein!"

Mir stockte der Atem, als ich ihn so sprechen hörte. War Kira etwas geschehen, was war mit ihr?

Blind vor Sorge stolperte ich hinter ihm her ins Zelt. Suchend wanderte mein Blick. Da, da lag sie, direkt an der Zeltwand. Ich stürzte zu ihr, warf mich auf die Knie und umarmte sie. „Was ist mit dir, Liebste?"

Der Schamane legte seine Hand auf meine Schulter: „Komm, setzt dich zu mir, ich werde es dir sagen. Lass Chiara noch ein wenig ruhen!"

Fragend schaute ich Kira an, doch die nickte nur mit einem müden Lächeln und drückte matt meine Hand.

Ich zögerte kurz, doch dann begab ich mich zu dem Alten, der an der anderen Seite Platz genommen hatte und setzte mich voller Unruhe zu ihm.

Draußen begann es zu regnen. Leise prasselten die Regentropfen auf das Zeltdach, rieselte das Wasser an der Außenhaut des Rindenwigwams herab. Überdeutlich nahm ich dies alles wahr.

Der Schamane gab mir seine Pfeife und nickte mir aufmunternd zu. Ich nahm einen Zug, inhalierte tief und gab sie ihm zurück.

„Deine Frau hat viel Blut verloren", begann er und machte eine lange Pause.

Obwohl ich ihn am liebsten sofort bestürmt hätte, mir Näheres zu berichten, bezwang ich meine Ungeduld. Soviel hatte ich inzwischen gelernt und es hätte sowieso nichts genutzt zu drängen.

Er räusperte sich umständlich, bevor er fortfuhr: „Beinahe hätten wir sie auch verloren . . ."

Ich fuhr zusammen. Eine eiskalte Hand legte sich mir auf den Rücken, so dass ich zu frösteln begann. „Was ist mit dem Kind?", flüsterte ich und schaute den Schamanen prüfend an. Obwohl noch nicht festgestanden hatte, ob Kira überhaupt schwanger war, hatte ich nie daran gezweifelt. Irgendwie wusste ich es, und alles in mir hatte sich bereits darauf eingestellt.

„Die kleine Seele zieht es vor, zu einem späteren Zeitpunkt neu geboren zu werden, wenn sie genügend betrauert worden ist". Der Alte, der bisher so vor sich hingesprochen hatte, wandte sich mir jetzt ganz zu: „Wirst du ihr also, gemeinsam mit deiner Frau, diese Trauerarbeit zukommen lassen, Vitus? Denn genau das ist es, was auch Chiaras Seele braucht, um wieder ganz zu werden. Sie muss zuerst ihre Trauer leben dürfen!" Er sah mich abwartend an.

Ich dachte über seine Worte nach.

„Ja, denk darüber nach, und lass dir Zeit. Sprich auch mit Chiara darüber. Ihr müsst es gemeinsam tun und viel miteinander reden, hörst du?!"

Ich nickte.

Da erhob er sich, legte für einen Moment seine Hand auf mein Haar, und ließ uns kurz darauf allein.

Eine Zeitlang saß ich wie betäubt, all das waberte in meinem Kopf herum. Trauern? Also war es tot, das Kind, unser Kind . . . Langsam stand ich auf und setzte mich zu Kira.

Reden? - Ja, später. Denn zuerst war da die gemeinsame Stille.

Lange blieben wir ohne ein Wort, doch das Schweigen stand nicht zwischen uns wie eine Wand.

Mir fiel auf, dass es einen Unterschied gab zwischen dem einsamen und einem gemeinsamen Schweigen.

Ich nahm Kiras Hand in die meine.

Nachdem Kira sich etwas erholt hatte, suchten wir unserem ungeborenen Kind einen schönen Platz aus. Im Schatten einer jungen Birke, in der Nähe des Dorfes, errichteten wir ihm eine kleine Ruhestätte. Ich holte meine geschnitzten Tierfiguren hervor und verzierte sie liebevoll mit einem kindgerechten Design. Kira saß derweil bei mir und gestaltete ebenfalls einige selbstentworfene Figuren, die sie abschließend noch mit indianischer Kleidung versah. Während unseres Tuns sprachen wir viel zusammen, wie es uns der Schamane geraten hatte. Wir redeten auch über all das, was uns bedrückte. Und wir hörten einander aufmerksam zu. In dieser Zeit des Abschiednehmens und der Trauer fanden wir noch intensiver zueinander und lernten, uns immer besser zu verstehen.

So kam es schließlich, dass genau das geschah, was wir uns selbst für diese Zeit versagt hatten. Dachten wir doch, uns nun ausschließlich mit der Trauer zu beschäftigen, so brach sich, eh wir es begriffen, ein Hoffnungsstrahl Bahn. Mitten in der Nacht hatte Kira sich plötzlich von hinten an mich geschmiegt und intuitiv angefangen, mich zärtlich zu streicheln, überall. Ich hatte nicht gewagt, mich zu rühren, doch mein Körper reagierte erregt. Als sie das spürte, forderte sie mich leise auf, mich auf den Rücken zu drehen und dann legte sie sich auf mich. Ich verging fast vor Verlangen, doch hielt ich still, ließ mich ganz von ihr verführen. Ihr schöner Körper begann, sich auf mir zu bewegen, langsam glitt Haut über Haut. Es wurde heiß und feucht, und plötzlich glitt ich beinahe von ganz allein in sie hinein, so dass sie vor Lust aufstöhnte. Für einen kurzen Moment hielt ich erschrocken inne, doch sie hauchte nur: „Weiter, mach weiter!", und so gaben wir uns, wie befreit, ganz unserem Empfinden und unserer Zärtlichkeit hin. Erst als es zu dämmern begann, ließen wir uns beide glücklich und erschöpft auf unser gemeinsames Lager sinken.

In dieser Nacht vermissten wir keinen Schlaf. Immer wieder flüsterten wir uns zärtliche Botschaften zu, streichelten einander und konnten, einer vom anderen, nicht genug bekommen.

Als es hell ward, begaben wir uns voller Dankbarkeit mit je einem Geschenk zum Schamanen und zur Heilerin, um sie für ihre Hilfe zu entlohnen, wie das üblich war.

Als uns der Alte so strahlend ankommen sah, konnte auch er sich eines Lächelns nicht erwehren. Still drückte er uns die Hände und entließ uns mit der Botschaft, Urs habe sich gemeldet, wir könnten ihn aus dem Krankenhaus abholen. Der Jeep stehe schon bereit.

Wir beschlossen, ihn gemeinsam abzuholen und fuhren sogleich los. Als wir dort ankamen, wartete er bereits vor dem Portal, seine gepackten Siebensachen neben sich, und trat ungeduldig von einem Bein auf das andere.

„Hey, Urs, so kennt man dich ja gar nicht! Nun mal langsam mit den jungen Pferden", zog ich ihn mit seinen eigenen Worten auf.

Er hob seine Faust und grinste schief. „Ja, gib´s mir, du undankbarer Bengel!"

Ich umarmte ihn herzlich. Dann nahm ich seine Tasche und setzte sie in den Rover. „Und wo soll´s hingehen, was machen wir jetzt?"

„Hilf erst mal einem Invaliden ins Auto, Vito!" Urs begrüßte auch Kira: „Schön, dass ihr zwei mich abholt!"

„Ok, ok! Her mit den Stöcken, die brauchst du jetzt nicht mehr!" Ich nahm sie ihm ab und legte sie auf den Boden zwischen die Sitze. „Steig ein, alter Mann, wir machen jetzt ne Sause!"

„Und du, so übermütig heute?" Urs` Blick wanderte von mir zu Kira und zurück. „Aha! Mir scheint, es gibt Neuigkeiten."

„Nö, wenn´s soweit ist, sagen wir dir schon Bescheid, keine Sorge!" Ich startete den Wagen und lenkte ihn behutsam zum Dorf zurück.

Dort angekommen, wurde Urs sofort von allen Dorfbewohnern umringt und freudig begrüßt. Es hatte sich herumgesprochen, dass er entlassen wurde. Ich konnte sehen, wie wohlgelitten und wie geachtet er von seiner Stammesgemeinschaft war. Und ich gehörte jetzt mit dazu.

Freudig half ich ihm, seine Wohnstatt wieder zu beziehen. Er hatte ins Haus zurückgewollt, wo er die notwendigen Arbeiten am Computer ausführen konnte.

Ich nutzte die Gelegenheit, meinen Eltern eine Mail zu schicken, in der ich meinen baldigen Besuch, zusammen mit Kira, ankündigte, und stellte sie als meine Frau vor. Ich wusste genau, dass meinen Eltern eine offizielle Amtshandlung sehr wichtig war. Deshalb wollte ich ihnen die Möglichkeit einräumen, wenigsten eine kleine Feier zu veranstalten. Damit alles zügig über die Bühne gehen konnte, bat ich sie um die Vorbereitung der amtlichen Angelegenheiten, soweit das schon möglich war, schickte auch Kiras Dokumentkopien mit und bat sie, einen Termin auszumachen. Ich würde sie in den nächsten Tagen anrufen. Doch wir wollten auch im Dorf ein kleines Fest geben. Über all das sprach ich natürlich auch mit Kira, und wir überlegten, wie wir es uns vorstellten bzw. gestalten wollten.

Kapitel 12

Kira war schon ganz gespannt auf meine Eltern, wusste sie doch, dass Alrun und meine Mutter Halbgeschwister waren. Sie konnte sich deren große Verschiedenheit einfach nicht vorstellen. Unbedingt auch wollte sie meine Wurzeln, mein jugendliches Umfeld und damit mich, besser kennen- und verstehen lernen.

Drei Tage zuvor hatte ich bei meinen Eltern angerufen und ihnen gesagt, wann wir genau ankommen würden. An ihrer verhaltenen Reaktion, als ich von Kira als meiner Frau sprach, konnte ich mir ausmalen, was da auf mich zukam. Und doch mochte ich es nicht glauben. Ich wollte einfach nicht wahrhaben, dass sie Vorbehalte haben könnten. Vorbehalte gegen Kira, meine Eltern doch nicht!

Ich verstand auch nicht, dass meine Mutter immer noch versuchte, Elena wieder ins Spiel zu bringen. „Ihr habt euch doch immer so gut verstanden, und wie verliebt ihr wart damals – ich kann mich noch genau daran erinnern, wie du ihr einmal einen ganzen Strauß roter Rosen geschenkt hast, Vitus! Du hattest einen Extra-Job fürs Wochenende . . .“

„Lass das, Mutter!“, fuhr ich unwirsch dazwischen. Schnell nahm ich Kiras Hand und zog sie mit mir aus dem Zimmer.

„Ich verstehe auch nicht, warum meine Mutter mit diesen alten Geschichten anfängt. Ich habe dir von Elena und unserer beendeten Beziehung erzählt, Kira. Das ist lange vorbei.“

Sie zog mich zu sich und suchte die steile Falte aus meiner finsteren Stirn herauszustreichen.

„Du brauchst mir doch nichts zu beweisen, Vito. Aber schade, dass deine Eltern solche Probleme mit mir haben. Dabei würde ich wirklich gerne richtig gut mit ihnen auskommen."

„Warum?"

„Das fragst du nicht im Ernst, oder?"

Ich legte Kira meine Arme um die Taille und umschloss ihren Mund mit meinen Lippen. Minuten später flüsterte ich ihr ins Ohr: „Ich liebe dich so, mein Schatz. Ich liebe dich!"

„Vito, kommst du mal runter, ich muss mit dir reden?!"

„Vater, was gibt´s?"

Zumindest ihm traute ich mehr Abgeklärtheit zu. „Kira, bin gleich zurück, danach gehen wir in die Stadt!" Ich strich ihr entschuldigend über die Wange. Darauf ging ich hinunter ins Esszimmer, um mir anzuhören, was mein Vater mir mitzuteilen hatte.

„Mein Junge, jetzt hör mir mal gut zu! Du weißt doch, dass Mama und ich dich liebhaben. Bist doch unser einziger Sohn, wir würden alles für dich tun, wenn es denn auch gut für dich ist!"

Ich wurde hellhörig. „Vater, ich bin kein kleiner Junge mehr. Und ich habe meine Entscheidung längst getroffen.

Kira ist bereits meine Frau, und ich würde es begrüßen, wenn ihr das respektieren könntet!"

Mein Vater zog scharf die Luft ein.

„Tu deiner Mutter das nicht an, Junge!"

„Vater!" Es reichte!

„Kira! Hallo Schatz, bist du bereit?"

Sie kam sogleich die Treppe herunter.

„Komm Liebe, lass uns fahren. Wir nehmen den nächsten Bus in die Stadt."

„Vito, was ist mit dir, du bist ja ganz blass! Was ist denn nur los?"

Ihre Stimme hörte sich dumpf an. Verwundert betrachtete ich Kiras Gesicht, ohne zu begreifen. „Ich . . . weiß nicht . . . Liebe . . . komm her . . . zu mir . . . bitt", dann brach ich zusammen, begleitet von einem Aufschrei des Entsetzens, danach Stille.

Lange wanderte ich durch tiefschwarze Nacht. Mühsam und allein. Ich sehnte mich – aber wonach? Irgendetwas lief ganz und gar nicht gut, doch was war das? Was war das nur?

„Ich muss los! Ich muss zu ihr, jetzt sofort! - Aber so lasst mich doch! - Kiiiiraaaaa! Ich will zu meiner Frau! Ich will zu ihr, b i t t e e!"

„Herr Svensson! Hallo, Herr Svensson, hörn Sie mich?"

„Grässliche Stimme! – Solln mich doch alle mal . . .

„Wie geht es dir? Vito, mein Junge!"

Ich horchte auf. Eine Hand strich mir sanft durchs Gesicht.

„Gar nicht gut! Mir geht´s gar nicht gut!" Ich stöhnte angestrengt. Dann schlug ich die Augen auf.

Die Eltern saßen an meinem Bett.

„Was, wo bin ich denn? Mom, was ist passiert?"

„Mein Junge, komm zu dir, bitte, komm zu dir!"

„Was weinst du denn, Mama? Aber das brauchst du doch nicht! Weißt du, ich hab unser Kind gesehn, es war da, unser Kind, wo ist Kira! Ich muss es ihr sagen! Sofort! Wo ist Kira?"

„Er ist noch immer nicht ganz bei sich. Muss vor kurzem mal einen Schlag auf den Kopf bekommen haben. Es hat sich dabei ein Blutgerinnsel gebildet, das wohl nicht erkannt worden ist. Er kann von Glück sagen, wenn er nichts zurückbehält!"

Wenn er nichts zurückbehält, zurückbehält! Was reden die denn da? Ich muss endlich zu meiner Frau, die Papiere! Es ist alles so schwer. Wieso ist denn alles nur so schwer?

„Wer ist denn diese Kira, die er immer ruft, Herr Svensson? Vielleicht sollten wir sie dazuholen? Er möchte sie doch unbedingt sehen, sonst regt er sich womöglich noch mehr auf, und das wäre nicht gut für ihn!"

„Nur eine Bekannte - aber vielleicht, wenn Sie das für so wichtig halten . . ."

„Ich glaube, Sie wartet sogar noch vor der Türe, ich werd´ gleich mal nach ihr schauen!"

Kurze Stille. Unruhig warf ich meinen Kopf umher. Was passierte da gerade?

Plötzlich ein Flüstern an meinem Ohr: „Vito, mein Herz, ich bin da!"

„Kira, Liebste!" Ich lächelte selig. „Gib mir deine Hand, bitte!" Sie gab sie mir, und ich ließ sie nicht mehr los, ließ sie nicht mehr los.

Dann muss ich vor Erschöpfung eingeschlafen sein. Aber als ich wieder aufwachte, war sie immer noch da und hatte ihren Kopf auf meinen Arm gelegt. Sonst war niemand im Raum.

Ich strich ihr mit meiner anderen Hand, an der eine Infusionsnadel steckte, über ihr dunkles Haar, auf dem kleine Lichtreflexe zu sehen waren.

„Sind meine Eltern wieder nach Hause gefahren?"

„Sie waren lange hier und haben bei dir gewacht, Vito. Doch als ich dazukam, meinte die Schwester, es sollten nicht so viele auf einmal dableiben, deine Eltern könnten sich besser etwas ausruhen und später wiederkommen, um sich mit mir abzuwechseln."

„Ja, das ist gut so. – Was ist eigentlich geschehen, Kira? Bitte, erzähl mir alles, ich kann mich nämlich nicht daran erinnern, es war plötzlich alles schwarz, mehr weiß ich nicht."

„Ach, du! – Einen ganz schönen Schrecken hast du uns eingejagt, als du einfach so umgekippt bist, Vito!" Sie drückte meinen Arm. Ich folgte ihrem sinnenden Blick aus dem Fenster. Viel konnte man draußen nicht sehn, das Zimmer musste sich in einem der oberen Stockwerke befinden. Dafür hatte ich freien Blick auf schnell ziehende Wolken, die mich aufzufordern schienen, sie auf ihrer Reise zu begleiten. Stattdessen aber lag ich hier fest und hatte eine Bandage um den Kopf.

„Und weiter", drängte ich Kira, was war weiter, weißt du schon etwas mehr, warum das alles hier?"

„Hey, hey, Vito! Dir scheint es ja schon deutlich besser zu gehen, so ungeduldig wie du bist. Da warst du aber schon weiter!" Sie lächelte amüsiert, doch auch deutlich erleichtert.

Ich gab mich geschlagen. „Ja, du hast recht. Aber jetzt lass mich bitte nicht länger zappeln, erzähl mir alles, was du weißt, ja?!"

„Die Ärzte meinen, du habest eine Minimalblutung im Gehirn gehabt, die aber nicht zum Stillstand gekommen ist. So mussten sie zur Entlastung des Schädelinnendrucks eine Trepanation vornehmen, und das Blutgefäß dann veröden. Zum Glück lag die Stelle recht günstig, und sie konnte problemlos versorgt werden. Nun brauchst du nur noch etwas Ruhe und kannst schon bald wieder hier raus." Wie zur Bestätigung drückte sie meine Hand.

Es klopfte und die Schwester kam ins Zimmer, mir den Tropf abzuklemmen. „Noch ein Viertelstündchen, dann sollten Sie ihn etwas ruhen lassen", mahnte sie. „Morgen ist auch noch ein Tag!"

„Man weiß ja nie, das sehn Sie ja! Aber ist gut, Schwester!", warf ich flachsig zurück.

„Na, dir geht es ja schon wieder richtig gut! Lass bloß die Schwestern in Ruh, sonst muss ich wohl oder übel hierbleiben!", neckte Kira mich. Dann wurden wir beide wieder ernst. „Erzähl, was haben meine Eltern dir gesagt, haben sie dich schlecht behandelt?", sorgte ich mich. „Werden sie dich auch von hier abholen und bei sich unterbringen, solange ich hierbleiben muss?" Als sie zögerte und meinte, darüber habe man nicht gesprochen, ließ ich mich nicht davon abbringen, mir ein Telefon geben zu lassen und rief sofort bei den Eltern an, obwohl Kira das ganz und gar nicht zu behagen schien. „Hallo, Dad, ich bin´s! – Ja – ja sicher! - Aber bitte hör mir jetzt erst mal zu! Ich muss vermutlich nicht mehr lange hierbleiben, kann mich anschließend auch zuhause ausruhen und muss später nur noch einmal zur Nachbehandlung herkommen, wenn alles gut läuft. – Moment! – Ja. - Ich sorge mich ein wenig um Kira. Bitte akzeptiert sie doch nun auch als meine Frau, denn das ist sie schon, zumindest bei den Indianern. Ich habe hart für sie gekämpft, bin noch gar nicht dazu gekommen, euch das alles zu erzählen. Wir sind ja hergekommen, alles hier amtlich zu machen und dann mit euch gemeinsam ein wenig zu feiern, weißt du? Die Entscheidung ist bereits gefallen, da gibt´s für mich nichts mehr dran zu rütteln! – Ja – Ja – Nein, ihr müsst es einfach akzeptieren, hörst du, Vater? – O, das hoffe ich doch, denn sonst . . . Wenn ihr sie nicht als meine Frau annehmt, werden wir anschließend direkt wieder zurückfahren, Vater!", sagte ich entschlossen. Darauf hörte ich ein aufgeregtes Tuscheln, wahrscheinlich mischte sich auch meine Mutter jetzt ein.

Ich zupfte an meiner Bettdecke herum, bis Kira ihre Hand beruhigend auf meine legte und mich liebevoll ansah. Ich deutete ihr einen Kussmund an.

„Vater? – Ja, ist gut, ich freu mich! - Ein Kind? Ich habe von einem Kind gesprochen? – Ja, richtig. Aber das erzählen wir euch mal ganz in Ruhe. – Also ihr kommt in etwa einer Stunde und nehmt dann auch Kira mit nach Hause? – Alles klar, dann bis nachher!" Nach Beendigung des Gesprächs wandte ich mich an Kira: „Du hast es gehört, sie holen dich nachher im Café ab und nehmen dich auch mit nach Hause, Kira. Ich werde mich jetzt tatsächlich noch etwas ausruhen müssen. Trink du doch derweil noch in Ruhe einen Kaffee, mein Schatz!"

„Okay, Vito, ruh du dich jetzt aus, ich sehe dich morgen wieder." Sie umarmte und küsste mich zärtlich; dann ging sie hinaus.

Erschöpft ließ ich mich zurück in die Kissen sinken.

Ein zaghaftes Klopfen ertönte, und die Tür wurde vorsichtig geöffnet. Der Kopf meiner Mutter lugte herein. „Hallo, mein Junge, hauchte sie". Hinter ihr sah ich Vater.

Ich lächelte Mutter entgegen, so dass sie sich beeilte, zu mir ans Bett zu treten und mich innig zu umarmen. „Ach Vitus, sei uns nicht bös, wir meinten es doch nur gut. Wir ahnten doch nicht, dass es dir wirklich so ernst ist mit deiner Freundin, der Chiara, oder wie sagst du, Kira, nicht wahr?"

„Egal, wie ihr sie nennt, Hauptsache, ihr fügt ihr keinerlei Schmerzen zu, verstehst du? Sie hat schon genug leiden müssen, und sie ist die wichtigste Person in meinem Leben! Wenn ihr mich also noch öfter sehen, und nicht grad verscheuchen wollt, dann behandelt ihr sie besonders gut, hörst du, Mutter?"

Sie nickte: „Ist ja gut, Junge. Ist ja schon gut!"

Ich wandte mich auch an meinen Vater: „Dad? – Was sagst du?"

Statt einer Antwort reichte er mir seine Hand, doch ich zögerte und schaute ihn weiter fragend an.

„Ach, Vito, du hast dich verändert. Weißt plötzlich so genau, was du willst und was nicht, bist wohl doch inzwischen erwachsen geworden. Was ist geschehen in den letzten Wochen?"

„Du hast Recht, Vater. Es ist eine Menge passiert, das stimmt. Zuhause werden wir euch alles genau erzählen. Dann könnt ihr mich sicher auch viel besser verstehen."

Auf dem Flur hörte man das Summen einer Patientenklingel. Hastige Schritte und ein Wagen, der geschoben wurde.

„Kira wartet im Café auf euch. Ich melde mich." Damit entließ ich sie.

Abends rief ich noch einmal bei ihnen an und ließ mir Kira ans Telefon geben. „Alles klar, mein Herz?"

„Ja, deine Eltern haben dich echt lieb, Vito, sie bemühen sich sehr um mich. Es geht mir gut, mach dir keine Sorgen!"

Diese Auseinandersetzung mit Mom und Dad hatte mich sehr erschöpft und auch nachdenklich gemacht. Ich war ein wenig enttäuscht von meinen Eltern, und doch konnte ich ihre Sorge verstehen – schließlich wollten sie für mich, ihren einzigen Sohn, nur das Beste.

Ihre Einstellung zur indigenen Bevölkerung allerdings bestärkte mich nur in meiner Ansicht darüber, dass es noch viel zu tun gab, um etwas in diesem Land zu bewegen. Vielleicht konnte ich auch dazu beitragen. Es machte allerdings die Schwierigkeiten deutlich. Nun war ich noch mehr gespannt auf mein neues Studium, in dem ich mich über all die Zusammenhänge und Hintergründe informieren konnte.

Doch das Allerwichtigste war jetzt meine offizielle Vermählung mit Kira, damit sie endlich voll als meine Frau akzeptiert wurde und keine Probleme mehr bekam, wie zuletzt noch im Krankenhaus. Da hatte sie nämlich zunächst Schwierigkeiten gehabt, eine Besuchserlaubnis oder auch Auskunft zu meinem Zustand zu bekommen. Das sollte nicht noch einmal vorkommen.

Als ich zwei Tage später entlassen wurde, bekam ich noch einen Termin mit, zur Wiedereinsetzung des entfernten Knochenstücks. Dann fuhr ich mit meinem Vater zusammen heim. Die beiden Frauen erwarteten uns dort bereits und strahlten vor Freude, als sie mich erblickten. Ich atmete tief auf und drückte sie nacheinander fest an mich. „Endlich!" Dann durfte ich mich in einen bequem hergerichteten Sessel setzen und meine Beine hochlegen. „Komme mir ja vor wie ein alter Mann!", schmunzelte ich. Doch ich genoss die gemeinsame Fürsorge und die Aufmerksamkeiten sehr. Vor allem, weil ich bemerkte, wie die Eltern und Kira sich nun doch etwas weiter angenähert hatten. Die Erleichterung war deutlich zu spüren. Alle bemühten wir uns um ein gutes Miteinander. Mein Vater fuhr Kira und mich zu den Behördengängen im Ort und half uns, die nötigen Dinge zu erledigen. Und die Frauen trafen Vorbereitungen für eine kleine Feier.

Ich lernte jetzt erst richtig Kiras Geschick zu würdigen, mit Menschen umzugehen. Es gelang ihr tatsächlich, eine recht positive Atmosphäre zwischen den Eltern und sich zu erzeugen, was mich außerordentlich froh stimmte.

Auch hatten wir ihnen inzwischen von unseren Erlebnissen erzählen können, so dass sie nun für manches ein ganz anderes Verständnis bekamen und vieles besser nachvollziehen konnten.

Dann endlich war es soweit.

Wir hatten Urs und eine Studienfreundin von Kira, namens Dawn, als unsere Trauzeugen eingeladen. Zum Glück war mein Blutsbruder inzwischen so weit wiederhergestellt, dass es ihm, trotz aller Befürchtungen, tatsächlich möglich war, zu unserer kleinen Feier zu kommen.

Am Morgen unserer Trauung machten wir uns alle im Sinne unserer eigenen Traditionen fein. Das gab ein recht buntes, aber interessantes Gemisch ab. Urs und Kiras Freundin sahen mit ihrer Stammestracht sehr malerisch aus, so dass meine Mutter sich schon da an Alrun erinnert fühlte. Als dann noch Kira in ihrem fein verzierten, bunten Kleid erschien – „mein Gott, sie sieht ja aus wie deine Tante!" – kamen ihr gar die Tränen, so dass ich sie tröstend in meine Arme nahm. „Mom, ist es nicht schön? Jetzt bin ich wirklich glücklich!". Da nahm sie meinen Kopf und flüsterte mir ins Ohr: „O, mein Junge, mehr braucht es auch nicht, ich freue mich so für euch!".

Ein erhebender Moment, als Kira und ich uns unser „Ja!" bei der Amtshandlung noch einmal ausdrücklich mit einem Kuss bestätigten.

Auf dem anschließenden kleinen Fest nahm ich Kira in meine Arme und schob sie langsam zur Musik über die kleine freigeräumte Tanzfläche im elterlichen Wohnzimmer: „Du siehst so wunderschön aus, Liebste!"

„Und du, so stattlich in deinem Anzug, ein richtiger Mann, ich bin stolz auf dich!", entgegnete sie und lehnte ihren Kopf an meine Schulter.

Mein Vater filmte unterdes eifrig, um alles für später festzuhalten. Viel mehr würde ihnen nicht bleiben, das hatten meine Eltern bereits vermutet. Doch wir versprachen uns, das Miteinander durch gegenseitige Besuche zu stärken.

Wir hatten ihnen bereits vom geplanten Hausbau erzählt, in dem sie uns nach Fertigstellung besuchen könnten. Spätestens, als wir von dem verlorenen Kind erzählten, begannen meine Eltern von uns als Familie und von ihren zukünftigen Enkeln zu träumen. Doch sie hatten auch verstanden, welches Trauma Kira bereits durchlebt hatte, und dass sich dies auch auf unsere Beziehung auswirken musste.

Von Urs, den sie bisher nur vom Hörensagen kannten, waren sie stark beeindruckt, das konnte ich ihnen ansehen. Es beruhigte sie, einen solchen Mann als Freund und Bruder an meiner Seite zu wissen.

Nachdem wir alle gut gespeist hatten – es waren jede Menge selbstgemachter Köstlichkeiten zu probieren gewesen – ging mein Vater kurz hinaus und kam mit einem Umschlag in der Hand zurück. Er räusperte sich, bevor er zu sprechen anhob, und es trat eine erwartungsvolle Stille ein:

„Liebes Brautpaar, mein lieber Junge! Deine Mutter und ich hatten uns ursprünglich für dich so manches ganz anders vorgestellt, so deinen beruflichen Werdegang und auch, was deine Frau und die zu gründende Familie anbetrifft. Ich muss zugeben, wir hatten in dir, unserem einzigen Sohn, unsere eigenen Vorstellungen zu verwirklichen gesucht, alles, was unser Leben noch vervollständigen sollte". Er machte eine kurze Pause, bevor er fortzufahren vermochte.

„Nun sehen wir aber, dass es auch ganz anders gehen kann. Anders, als wir es uns vorzustellen in der Lage waren, und doch ist es gut. Dazu aber mussten wir zunächst von unseren Wünschen loslassen – was uns zugegebenermaßen nicht ganz leichtfiel – damit sich Platz auftun konnte für etwas Anderes, etwas Neues." Er schluckte.

„Ich bin froh, dass wir das auch getan haben." Er streckte seine Hand nach meiner Mutter aus: „Rachel!"

„Enno!", antwortete sie bestätigend.

„Chiara und Vitus, wir wünschen euch beiden alles Gute für euer gemeinsames Leben und möchten euch bei euerm Hausbau eine finanzielle Unterstützung zukommen lassen. Wir haben das gemeinsam über viele Jahre hinweg genau für diesen besonderen Augenblick angespart. Nehmt es als unser Geschenk an für einen guten Start in eure gemeinsame Zukunft, es kommt von Herzen!" Damit überreichte er uns den Umschlag. Gerührt nahmen wir ihn entgegen und umarmten die Eltern: „Vielen, vielen Dank! – Damit hatten wir nicht gerechnet. Aber ich kann bestätigen, dass es genau im richtigen Moment kommt und wir es sehr zu schätzen wissen!" Ich strahlte Kira an. „Da kann ich meine Pläne, die ich beinahe schon vergraben hatte, ja doch wieder hervorholen und trotzdem noch studieren." Nun nahm ich meine Frau und wirbelte sie herum. „Wir beiden zusammen, Kira, ist das nicht schön?" Sie nickte mit glänzenden Augen. Und auch ihre Freundin Dawn und ebenso Urs freuten sich mit uns: „Hey Bruder, da hast du ja in der letzten Zeit eine Menge bewegt, du kannst stolz auf dich sein – ich wünsche euch beiden von Herzen alles Gute!"

Ich führte meine Hand an Stirn und Lippen, neigte meinen Kopf und ergriff die Hände meines Bruders. „Das, und so vieles mehr habe ich dir zu verdanken, Urs. Auch ich werde dich, wann immer es nötig sein sollte, unterstützen. So soll es sein!"

Den Rest des Abends vertrieben wir uns die Zeit mit Geschichten über die letzten Pläne und Vorkommnisse.

Dann verabredeten wir uns zu einem Frühstück ´early in the morning`, da Urs und Dawn im Dorf zurückerwartet wurden begaben sie sich zur Ruhe. Wir würden ihnen schon in Kürze folgen.

Kapitel 13

Als wir einige Tage später ins Dorf zurückkehrten, setzte ich alles daran, den Bau unseres Hauses voranzutreiben. Ich hatte mir vorgenommen, es bis zum Herbst bezugsfertig zu machen, denn die Winter in diesen Breiten waren oft ausgesprochen streng. Jetzt hatte ich ja das nötige Geld, um Material besorgen und Arbeitslöhne zahlen zu können. Ich entlohnte meine Helfer am Ende jeder Woche, so dass die Baufortschritte recht bald zu sehen waren. Dieses Haus, aus großen, schweren Holzbalken gebaut, würde nicht so leicht abbrennen, wie das kleine Holzhaus von Alrun, das stand fest.

Schon bald hatte ich herausgefunden, wer von den Indianern besonders kundig und verlässlich, sowie in der Lage war, die anderen anzuleiten und zu beaufsichtigen. Er bekam für diese verantwortliche Tätigkeit von mir einen kräftigen Aufschlag auf seinen Lohn.

Der Studienbeginn nahte, und ich würde zukünftig nicht mehr viel vor Ort sein können. Trotzdem sollte alles seinen guten Gang nehmen.

Kira und ich würden später, wenn möglich, gemeinsam zur Uni und nachmittags wieder zurückfahren, so dass uns noch Zeit blieb, die wir gemeinsam für uns und für das Haus nutzen konnten.

Wenn Urs nicht an der Uni, sondern im Dorf war, schaute auch er oft am Bau nach dem Rechten, so dass wirklich alles zu unserer Zufriedenheit verlief.

In der Zwischenzeit war auch Crow wieder genesen und musste sich nun einer Befragung durch die Ältesten stellen. Er hatte sich mehr und mehr in Widersprüche verwickelt, und wurde für sie dadurch immer unglaubwürdiger. Auch seine Attacke auf mich beim Schwimmen, wurde offensichtlicher, und wog in Anbetracht der Folgen, die das für mich gehabt hatte, deutlich schwerer. Dann der Brand und sein Verrat bezüglich des Plans heiliger Stätten dem Indianer eines anderen Stammes gegenüber. Alle Indizien sprachen inzwischen dafür, dass er damit dem Stamm und auch mir geschadet hatte, und das musste bestraft werden. Viel zu lang hatte man Nachsicht geübt, nun war die Geduld aufgebraucht. Nun musste er endlich einmal die Konsequenzen seines Handelns spüren.

Das wurde ganz ohne mein Dazutun beschlossen. Und ich ahnte, dass die Strafe nicht gering ausfallen würde.

Auch war immer noch nicht geklärt, wo der fremde Indianer abgeblieben war. Schon wurde vermutet, dass Crow auch hierbei seine Finger im Spiel hatte. Mir kam sofort der Spruch in den Kopf „Wer einmal lügt, dem glaubt man nicht", das aber behielt ich wohlweislich für mich. Und doch sollte auch dies sich bestätigen.

Um endlich herauszufinden, was Crow vor seinem Unfall in der Höhle gewollt hatte, ließen die Alten die Stätte mit allen Gängen und Winkeln genauestens durchsuchen. Crow wurde zunehmend nervöser, als er davon erfuhr. Was aber wollte er vertuschen?

Dies sollte sich einen Tag später zeigen, als man die Leiche des fremden Indianers versteckt in einer Nische fand.

Selbst meine Stammesbrüder gerieten bei ihrem Anblick ins Schaudern.

Der Fremde kauerte mit zusammengebundenen Händen in der Spalte. Bei näherem Hinsehen wurden zahlreiche Schnittwunden an seinen Armen und Beinen festgestellt. Zudem fehlten ihm aus unerfindlichen Gründen einzelne Finger und Zehen. Brandzeichen am Körper deuteten scheinbar auf einen qualvollen Prozess hin, der letztendlich zu seinem (geplanten?) Tod geführt hatte. War Crow wirklich ein Mörder?

Zwei besonders fähige Spurensucher wurden beauftragt, die Wahrheit herauszufinden, falls das jetzt überhaupt noch möglich war. In der Zwischenzeit wurde Crow in eines der Häuser gesperrt und bewacht.

So viel Aufregung gab es lange nicht im Dorf. Der bereits in die Jahre gekommene Häuptling ließ Urs immer häufiger zu sich kommen, um seine tatkräftige Unterstützung zu erbitten. Mein Bruder Urs war ein Mann seines besonderen Vertrauens, und so ward er inzwischen auch in die Aufgaben eines Häuptlings eingeweiht. Er hatte bei der nächsten Wahl gute Chancen, dessen Amt zu übernehmen.

Doch musste er auch schon bald seine Abschlussprüfungen an der Universität ablegen und sich noch darauf vorbereiten. So blieb er immer öfter über Nacht in seiner kleinen Studentenbude auf dem Campus, um in Ruhe zu lernen. Sein Wissen würde er nach dem Studium zum Vorteil seines Stammes einsetzen können.

Ja, es bewegte sich deutlich etwas in puncto Interessen-vertretung der indigenen Bevölkerung, und das war auch nötig.

Eine indianische Aktivistin, die dank ihres Einsatzes von sich reden machte, war Bi-Ne-Se-Kwe, die „Donnervo-gelfrau", in der Weißen-Sprache Winona LaDuke ge-nannt. Sie hatte einen Abschluss in „indigener Wirt-schaftsentwicklung" in Harvard gemacht und für die Indi-aner danach bereits eine Menge bewirkt. Nun sollte sie hier in Duluth an der Universität einen Vortrag über das "White Earth Land Recovery Project" halten, den der Häuptling uns anzuhören wärmstens empfahl. Doch auch ohne seinen Hinweis war ich schon ganz gespannt auf sie, die in der letzten Zeit immer öfter von sich reden machte, besonders an der Universität und gerade auch in meinem neuen Fachbereich.

„Das ist eine Frau, die die Dinge in die Hand nimmt!", bemerkte Kira befriedigt.

„Hast du sie schon mal gesehen?", fragte ich deshalb ge-spannt.

„Das nicht, aber gelesen und gehört habe ich von ihr. Sie ist ja richtiggehend berühmt geworden mit ihrem umwelt-politischen und sozialen Einsatz, auch als Schriftstelle-rin."

Sobald wie möglich setzte ich mich an den Computer und suchte nach weiteren Informationen zu dieser Frau. Was ich da z. B. bei Wikipedia las, imponierte mir und be-stärkte mich noch in meiner Studienwahl. Besonders was sie von sich selbst sagte, „dass sie die pragmatische Welt-sicht der traditionellen Indianer übernommen habe, die durch eine große Spiritualität gekennzeichnet sei, die dem Fortbestand des Lebens nutzt und nicht getrennt vom Alltag ist."

Sie erinnerte mich stark an Alrun. Ob sie sich wohl gekannt haben? Das schien mir gar nicht abwegig, da beide sich den Anishinabe sehr verbunden fühlten. Ach, Alrun, ich wünschte, du wärest jetzt hier bei mir! Ich hätte so manche Frage an dich.

Kira, die mir meine Sehnsucht und Wissbegier ansah, nahm mich bei der Hand und führte mich hinauf zur großen Höhle. Dort setzten wir uns in eine Felsennische, von der aus wir einen unbegrenzten Blick über die Bäume hinweg hatten. Lange saßen wir dort schweigend Hand in Hand. Tief unter uns vernahm ich das Rauschen des kleinen Wasserfalls, der sich immer tiefer in meine Gedanken eingrub. Ab und an ließ mich der Schrei des Seeadlers meinen Blick heben und dem stolzen Vogel folgen. Er hob mich hinauf ins Lichte, in weite Höhen empor. Mit ihm gemeinsam zog ich die weiten Kreise am Himmel und begann, mich zu erinnern, tauchte wieder ein in die Bilder meiner Vision, während der Initiation.

Und plötzlich lag wieder alles ganz klar vor mir. Ich fühlte, dass es richtig war, was ich tat. Ich hatte gefunden, wofür ich brannte, hatte in Kira und meinem Studium die zwei Bestimmungen gefunden, worin ich glücklich werden und mich verwirklichen durfte, das war das Eine; das Zweite war, dass ich damit auch meiner Gemeinschaft dienen konnte. Und beide Aufgaben verlangten meinen vollen Einsatz. So gedachte ich der Worte Alruns und fühlte erneut ihre starke Präsenz. Freudig spürte ich die Verantwortung auf mir ruhen und nahm sie dankbar an.

Tatsächlich hatte Crow dem fremden Indianer die schweren Wunden zugefügt, wenn auch ohne Tötungsabsicht. Seine dunkle Seite hatte schließlich immer weiter die Oberhand gewonnen, bis er sich gar nicht mehr frei zu machen vermochte von seinen destruktiven Gedanken und Handlungen. In seiner Zerstörungswut machte er auch vor seinem Handlanger und Kumpel nicht halt, als der ihn einmal erzürnt hatte. Dann konnte er schließlich nicht mehr zurück, ohne in Verdacht zu geraten. Also ließ er die Leiche verschwinden und vermeintlich damit auch die Beweise für seine Täterschaft. Als seine Handlungen nun offensichtlich waren, wurde er sofort zu einer langjährigen Haftstrafe abgeurteilt und eingesperrt.

Als gutgemeinte Dreingabe bekam er noch eine therapeutische Behandlung auferlegt, die ihm Einsichten und für später neue Möglichkeiten eröffnen sollte, wenn er denn zugänglich dafür wäre. Letzteres bezweifelten fast alle, aber es war und blieb schließlich seine eigene freie Entscheidung und Chance, seine sadistische Anlage unter Kontrolle zu bringen.

„Nun bin ich aber doch froh, dass der erst mal weggesperrt wurde!", gab ich zu, und auch Kira meinte nachdenklich: „Ja, wer weiß, was er sonst noch alles angerichtet hätte!"

Kapitel 14

Vielleicht war es unser Schutzbedürfnis, das uns dazu bewegte, die Hunde zu übernehmen.

Es handelte sich um eine Hündin mit ihren drei verbliebenen Welpen, die allesamt getötet werden sollten, da ihr Besitzer in der Stadt kein Auskommen mehr für sie hatte. Bei unserem Besuch in der Stadt verliebten Kira und ich uns sofort in sie.

Eigentlich war es noch zu früh für die Betreuung von Tieren, da wir tagsüber meist nicht zuhause waren. Doch das Muttertier war ja noch dabei und wir konnten das Futter morgens und abends verabreichen, das würde ausreichen.

Die Hündin selbst trug blondes Fell, die drei Welpen aber hatten alle eine unterschiedliche Farbe - blond, schwarz und schwarzblond. Alle waren sie groß und kräftig, dem Menschen gegenüber freundlich und aufgeschlossen. Doch es sollten einmal gute Wachhunde daraus werden.

„Kira, was meinst du, sollen wir sie ins Dorf mitnehmen? Wäre doch zu schade, wenn sie getötet würden". Ich legte meinen Arm um ihre Schulter und schaute sie fragend an. Sie überlegte nur kurz, bevor sie zustimmend nickte.

Ich drückte sie freudig an mich, dann hockten wir uns beide hin, um die Vierbeiner zu begrüßen und uns mit ihnen vertraut zu machen. Die Welpen stürzten sofort neugierig im Pulk auf uns zu, während die Hündin selbst uns zunächst aufmerksam beobachtete.

„Ja, pass du nur gut auf deine Kleinen auf, das ist schon richtig so!", sprach ich ihr freundlich zu. „Prachtvolle Welpen hast du da ja. Ich glaube, wir können gut miteinander auskommen, wir alle!" Ich kraulte ihr den Kopf und die Kehle, was sie sich genüsslich gefallen ließ. Die kleinen tapsigen Wollknäuel tobten bereits übermütig mit Kira herum. Es war eine Freude sie dabei zu beobachten.

„Die Hündin heißt Bonny, den Kleinen habe ich keine Namen gegeben", meinte der Halter, unruhig auf die Uhr schauend. „Habe gleich noch einen Termin - Also was ist, nehmt ihr sie? Ihr bekommt sie wirklich für einen ganz kleinen Preis – bin froh, wenn ich ein gutes Zuhause für sie finde".

„Wir nehmen sie!", meinte ich rasch. „Die Kleinen packen wir in den Karton und die Alte daneben auf die Ladefläche des Wagens. Das dürfte gehen."

Ich hatte vor, sie zur Eingewöhnung während der Zeiten unserer Abwesenheit im Dorf, bei den anderen Hunden zu lassen. Immer, wenn wir vor Ort waren, würden wir sie abholen und zum Haus mitnehmen, damit sie sich uns und dem Heim auch zugehörig fühlten, und uns beschützen würden, wenn es einmal nötig sein sollte.

„Und, hast du dir schon Namen für die Welpen ausgesucht, was sind´s überhaupt, Mädels oder Jungs?", fragte ich im Auto, während ich den Motor startete.

„Tja, es sind alles Mädchen. Die Mutter heißt also Bonny, ja? – Was hältst du dann von Fenja für die Blonde, Gana für die Schwarze und   Alissa für die Schwarzmarkene?" Sie schaute mich erwartungsvoll an.

„Alissa, Gana und . . . wie war der andere Name?", fragte ich, die Straße im Auge behaltend.

„Fenja. Die Blonde soll Fenja heißen!"

Von hinten ertönte ein leises Wuff, sodass wir beide miteinander ins Lachen gerieten. „Sie scheint ja schon mal einverstanden zu sein."

„Und geht mir bloß nicht an die Vorräte, die sind für unser gemeinsames Dorffest unserer Heirat wegen! Aber erst müssen wir euch heute mal der Gemeinschaft vorstellen und schauen, ob ihr euch gut mit den anderen Hunden vertragt! Also benehmt euch bitte, habt ihr gehört?!"

Sie schienen verstanden zu haben, dass ich *sie* meinte und stimmten in ein aufgeregtes Gekläff ein. Dazwischen ließ sich die dunkle Stimme ihrer Mutter vernehmen, die sie zur Ordnung rief.

Zum Glück wusste sie auch, wie sie mit den anderen Hunden umzugehen hatte, um ihre Jungen nicht zu gefährden. So fügten sich die vier schnell in die Gemeinschaft ein und fanden ihren Platz.

Das Fest, das wir für das Dorf ausrichteten, um unsere Ehe noch einmal zu bekräftigen und uns mit allen gemeinsam darüber zu freuen, sollte am folgenden Abend stattfinden. Auch wenn ich im Moment viel zu tun hatte, begab ich mich noch einmal auf die Jagd, um genügend Fleisch auf den Grill zu bringen. Um alles andere kümmerten sich bereits die Frauen in gemeinschaftlichem Tun, als ich zurückkam.

Ich hörte sie laut lachend ihre Arbeit verrichten, sie amüsierten sich gerade über unsere drei neuen Welpen, die zwischen ihren Beinen herumwuselten.

In kürzester Zeit hatten die Kleinen die Herzen aller im Sturm erobert. Ich lächelte zufrieden und streichelte sie der Reihe nach liebevoll. Sofort fingen sie an, mich nach Hundeart abzuschlecken.

Kurz ging mir durch den Kopf, wie Crow sie in seiner sadistischen Art wohl malträtiert hätte. – Dann atmete ich erleichtert auf. Wie gut, dass es soweit nicht mehr kommen würde.

„Wo ist denn Kira?", fragte ich die Frauen.

„Sie wollte kurz einige Dinge aus dem Zelt holen."

Rasch lief ich zu ihr hinüber: „Liebes, bist du da?"

Als ich die Eingangsplane zurückschlug, beugte sie sich gerade über unser Bett und kramte in einigen Kleidungsstücken. Zärtlich umfasste ich ihre Taille und drehte sie zu mir herum.

„Vito!"

„Du hast mir gefehlt."

„Aber wir haben uns doch gerade . . ."

„Ich musste dich unbedingt sehn!" Dann verschloss ich die Plane, zog Kira zärtlich an mich und begann sie zu entkleiden.

„Und da konntest du", lächelte sie – „da konntest du nicht mehr warten, bis . . .?"

„Nein!" Ich schüttelte den Kopf.

„Da konnte ich einfach nicht mehr länger warten!"

Eine halbe Stunde später machten wir uns auf, gemeinsam mit den Hunden nach unserem Neubau zu sehn.

Die Kleinen tollten wie wild um uns herum. „Werden die denn gar nicht müde?", beschwerte ich mich gutmütig. Doch es war schön, sie dabei zu beobachten, wie sie sich balgten und bereits spielerisch einübten, was sie später einmal alles so zum Überleben brauchten.

„Stell dir vor, du hast erst eine ganze Kinderschar um dich herumtoben", bemerkte Kira schmunzelnd.

„Kinder von dir, Kira" – ich begann zu träumen und umfing ihre Schultern, während wir langsam den Weg hinan schritten.

„Kinder von uns beiden, Vito!"

„Ja, davon hätte ich gerne ganz viele!". Ich stellte mich direkt vor sie hin und schlang meine Arme um sie. Dann schob ich sie ein Stück zurück, um ihr in die Augen zu sehen. „Liebling, wie steht es mit dir? Wäre das auch dein Wunsch? – Natürlich brauchen wir noch Zeit für Studium und Ausbildung, damit wir später unseren Lebensunterhalt bestreiten können – besonders bei so vielen hungrigen Mäulern", grinste ich, „du willst doch sicher auch gerne erst deine Studien fortführen?".

Kira sah mich an. „Ja, das ist mir schon wichtig, nicht nur Kindererziehung und Haushalt."

„Forschend verweilte mein Blick auf ihrem Gesicht: „Und? Irgendetwas scheint dir noch nicht ganz klar. Über was denkst du nach?"

Ein Schatten verdunkelte ihre Züge. Fragend strich ich über ihre Wange.

Unwillkürlich entfuhr ihr ein kleiner Klagelaut, als sie mir antworten wollte. Betroffen legte ich mein Gesicht an ihres, ich begann zu ahnen, was sie beschäftigte. „Ist es unser totes Kind?", fragte ich leise und spürte, wie sie nickte.

„Ich habe Angst, dass es wieder schiefgehen könnte."

Darauf wusste ich keine wirkliche Antwort, und so blieb ich stumm, drückte sie nur ganz fest an mich. An ihrem Blick konnte ich erkennen, dass sie sich dadurch getröstet fühlte.

Dann gingen wir weiter, für eine Weile ganz still, bis das Haus in Sicht kam.

„Schau mal, wie schön es schon aussieht, Kira!

Hey Fenja, Gana, Alissa, hierbleiben! Bonny, wo bist du? Jetzt schaut nur mal euer neues Zuhause an!" Eifrig schnüffelnd folgten sie der Aufforderung und liefen sofort kreuz und quer, alles genauestens zu erkunden.

Ich brauchte nun keine Überwindung mehr für den Alltag mit meinen neuen Studienfächern in der Uni in Duluth, wie das vordem am Campus in Minneapolis-St. Paul noch war. Überhaupt machte mir mein neues Leben auf allen Ebenen immens viel Freude. Plötzlich griff alles ganz wunderbar ineinander. Mein Leben fühlte sich jetzt stimmig an und ich war richtiggehend glücklich.

Natürlich gab es auch die traurigen Dinge darin, wie zum Beispiel den Tod unseres Kindes. Doch auch das änderte nichts an dem Gefühl der Stimmigkeit in mir.

Es gibt diese glücklichen Momente im Leben. Und wir sollten sie mit allen Fasern unseres Herzens genießen, so wie Kira und ich es aus vollster Seele taten.

Vieles von dem, womit wir uns beschäftigten, konnten wir gemeinsam tun und uns gegenseitig darin unterstützen. So lernten wir uns mehr und mehr kennen und immer tiefer lieben. Auch die Intensität unserer körperlichen Liebe vergrößerte sich noch. Bisher hatte ich ja doch geglaubt, dass diese leider mit zunehmender Zeit eine abnehmende Tendenz haben müsse.

Doch nun durfte ich erleben, wie die Innigkeit unseres Gefühls, unserer Zärtlichkeit füreinander, weiter und weiter anstieg, ja, auf direktem Weg in den Himmel zu führen schien.

Inhalt

Und der Mond, er schien ganz helle

Krimi

von <u>Ursula Strätling</u>

ISBN: 9783753138121
Format: Taschenbuch
Seiten: 152
Erscheinungsdatum: 23.12.2020

In den Kurzkrimis dieser Trilogie geht es um einen Serien-killer, der verzweifelt von der Polizei gesucht wird. Gerade die junge Kommissarin Mareike Stenzel, deren Kollege von dem Täter bereits ... <u>weiterlesen</u>

https://www.epubli.de/preview/107515

ISBN 978-3-7531-5690-3

www.epubli.de